[illegible]ックの墓場

エルンスト・ヴルチェク

登場人物

ペリー・ローダン…………ネットウォーカー
ベオドゥ……………………アッタヴェンノク。夢想家
名無し………………………昆虫種族。伝説の研究者
ギル・ゴル…………………プロジェクト機構のメンバー。カルタン人
ダルフロル…………………同メンバー。ナック
オッサマ
クレンナル }…………………ナック。ダルフロルの子供
プルエル……………………伝説上のナック
ナルモン・アルド・
ティイル……ハン＝シュイ＝クォンのリーダー

1

〈イマーゴ……イマーゴⅠ……イマーゴⅡ……〉

ペリー・ローダンは眠れない夜をすごしていた。

カルタン人の邸宅の腎臓形エアベッドでおちつきなく寝返りをうつより、《レダ》に乗りこんで、ドリフェル・カプセルと話をして時間をつぶすほうがよかったかもしれない。

カルタン人の故郷惑星であるヴィナウに滞在した二日間、あまりに多くのことが起こり、その記憶をぬぐえずにいる。

ドリフェル・カプセルに乗って《レダ》とこのことをじっくり話し合えば、もしかしたら解決したかもしれない。胸のつかえがとれ、心がすっきりしたかもしれない。

しかし、そのようなやり方ですっきりすることを望まなかった。

《レダ》に相談する前に、まずは自分で得心せねばならない。《レダ》は宇宙船としては並はずれた感覚を持っている。だからこそ、カルタン人ミ・アウワの死について、そして孤独から日常生活への逃避のようなベオドゥの〝新婚旅行〟についても、《レダ》と話したくなかった。さらには、かれの心に忍びより、いまやかれの思考をますます支配しはじめている奇妙な思考の連鎖についても、まだ議論したくなかった。

〈シュミット……ノストラダムス……〉

ぱっとしないふたつの名前にすぎない。だが、それがかれの頭のなかで、災《わざわ》いに満ちた連想の連鎖反応を引き起こした。ばかげた連想、妄想の産物だと思いこもうとするが、この突拍子もない考えがかれの心を捕らえてはなさない。

〈プレイヤー……イマーゴ……〉

どのように調和しているというのか？　横のつながりはあるのか？

ローダンはミ・アウワの死を悼んだ。そして、誠実な友ベオドゥのことを心配する。未知宇宙でずっといっしょにいたアッタヴェンノクのことが気がかりだ。ベオドゥが危険のなかにいるという漠然とした感じをいだいていた。二日前、バオ宮殿でのレセプションで、ベオドゥは三名の女アッタヴェンノクと知り合い、彼女たちと第三惑星ジャリプに行った。

そこまではいい。これくらいの気分転換はしたっていい。アッタヴェンノクが三名の〝優美の女神〟のひとりと結ばれ、彼女といっしょにいるというのならよくわかる。しかし、アッタヴェンノクはジャリプからの知らせを、つまり映像通信を送ってきて、そのなかで、ローダンと直接連絡できないのでこのような手段をとった、といっていたのだ。

その日、ローダンは終日邸宅にいた。それで、いろいろ考えてしまった。もちろん、ベオドゥがローダンと話すのを避け、姿を消したことをとがめられないよう、やむをえずついた嘘だという可能性もある。

もしそうなら、ローダンはその確証がほしかった。

些《さ》細《さい》なことにすぎないが、そのことが心をむしばみはじめていた。

そしてミ・アウワの死。

ハウリ人の秘密組織ハン＝シュイ＝クォンが、プロジェクト機構の指導的ゴン＝ウェンであるギル・ゴルを襲撃したとき、ミ・アウワはわが身を犠牲にした。彼女はみずからの命をギル・ゴルにあたえた。それはミ・アウワとギル・ゴルが人生の伴侶《はんりょ》だったという特別な運命の悪意だった。

いまだかつてヴィナウでミ・アウワのようなカルタン人に出会ったことはなかった。無為に日々を送る者しかいないように思われるヴィナウの退廃的な社会において、彼女は、その進歩的な精神のあり方で、異物のような印象をあたえた。彼女は嫌悪される反逆者であり、ギル・ゴルも、さらにはかれ以外のだれも、彼女の死を悼んでいるようには見えなかった。

ミ・アウワは一種のヴィデオ日誌の映像のなかで、ヴィナウのカルタン人のことをどのように酷評していただろうか？

〈怠惰なままいればいい、腹いっぱい食べ、がぶがぶと飲み、ハンガイ銀河のあらゆるところにへどを吐くがいい〉

もちろん、このような煽動《せんどう》的なスピーチをする者は好まれない。しかし、彼女は、見解を同じくしない者の命を救うために死んだ。たしかにギル・ゴルはミ・アウワを愛していたが、彼女の革命的な意見には与《くみ》していなかった。

ローダンは、第三惑星ジャリプに同行するというギル・ゴルからの申し出をよろこんだ。カルタン人社会からはなれられるというだけではなかった。ベオドゥのようすをたずねる機会に役だてたかったのだ。

おそらくもうヴィナウにはもどらないだろう。こんなところでうろつく理由などない。カルタン人の故郷惑星はかれにはなんのかかわりもなく、ここではなにひとつ得るものはない。

〈シュミット……ノストラダムス……イマーゴ……プレイヤーの使者……〉

これらの言葉は、心のやすらぎを得たと思った矢先、かれの心のなかにくりかえし忍びよってくる本当の苦しみだった。

ちょうど外が明けそめたとき、ネット・コンビネーションのピココンピュータが標準時にしたがって真夜中を告げた。七月十五日はまだ六時間もたっていない。そして通常宇宙の地球のテラニアにおいては、ちょうど太陽が昇るころだ。そのとき、邸宅に宇宙船の影が落ちてきた。

これ以上待たなくていいことを、ローダンはよろこぶ。寝床から立ちあがり、戸外に出る。細胞活性装置がなければ、かれはこれほど潑剌《はつらつ》とした印象をあたえなかったろう。自分のなかでなにが起こっているのか、ローダン自身わからなかった。

*

ドリフェル・カプセルの駐機場の上空百メートルほどのところに、カルタン人の二百メートル級トリマラン一隻が浮遊している。それは恒星チャリフをかくし、邸宅に、その大きな影をつくっている。小型搭載艇一機がはなれ、ローダンと《レダ》から二十メートルのところに着陸した。その結果、想像上の二等辺三角形が形成される。

ローダンは、ギル・ゴルが降りてきたとき、このことにようやく気づいた。しかもギル・ゴルが左胸に〝知識権限の中枢〟のシンボルマークである、中心から三つの角に向から三本の矢によって分割された三角形が装飾されたユニフォームを着ていたからだ。しかし、ローダンにとって、それは超越知性体エスタルトゥの第三の道のしるしでもあった。

見たところ、ギル・ゴルはローダンほど潑剌としていないし、元気ではないようだった。そして、そのことをわかっているらしい。なぜなら、かれが挨拶がわりにしたコメントが非難がましく響いたから。

「きみがゆっくり休めたことをうれしく思うよ、ワキアン」と、かれはいう。「旅の支度はできているか？」

「見かけはあてにならない」ローダンは、それ以上の説明はやめにして、「きみに答えてもらいたい疑問があってね」

「なんだ」ギル・ゴルは無愛想にいう。かれはおそらくミ・アウワのことを考えている。

「ジャリプからわたしにきた連絡を妨害したか？」ローダンはたずねる。

「第三惑星からの呼びかけはひとつだけだった。そしてきみはそれを受けとった」と、ギル・ゴル。「アッタヴェンノクはその前も後も連絡してきていない」

ローダンは冷ややかな笑みを浮かべる。かれがひきつづき監視されていると、ギル・ゴルは意図せず洩らした。基本的に、どうでもいいことではあるが。

「たしかか？」ローダンは訊く。「ベオドゥはわたしのところにこようと試みていないか？」

「ああ、たしかだ」ギル・ゴルはそういい、その話題を終わりにした。「用意できているなら、ペリー・ローダン、ついてきてくれ」

「いや」と、ローダンはいう。「わたしは、自分のカプセルでジャリプへ飛びたい。わたしを監視しなければならないのなら、きみのトリマランに曳航《えいこう》されてもかまわない」

「問題ない」怒りだすと思っていたが、ギル・ゴルは友好的な口調で答えた。「ただ、きみとべつべつになることが残念だ。それではわれわれがおたがいをよく知り、理解することには役だたない。わたしといっしょに旅をしたくないのか？」

「わたしはきみの申し出をありがたく思っている、ギル・ゴル」ローダンはうしろめたく感じながらいう。かれはカルタン人の気持ちを傷つけたくなかった。「しかし、飛行中に《レダ》と話し合いたいことがすこしあってね」

「それはきみの自由裁量にまかされている」ギル・ゴルの口調に、すこし心配そうな響きがあった。「しかし、用心したほうがいい。宇宙船をあまりに擬人化したり……」

「人間化したり」と、ローダンは助け舟を出す。「心配はいらない。用心する」

＊

「ギル・ゴルは理由なくあなたの自我を心配しています」乗船すると、《レダ》のおだやかで思いやりのある声が迎える。「わたしはあなたがわたしをあなたと同じ、あるいはあなたと同等のようにあつかっていることに気づいていませんでした。わたしはあなたにとって一ロボットにすぎません」

「で？　きみはロボットではないのか？」ローダンはたずねる。《レダ》は答えない。ローダンはつづける。「〝わたしがきみを〟あまりに人間化しなければ、ギル・ゴルを安心させることができるだろう。きみ自身も気づかってくれているし、わたしも用心することにしよう」

「わたしは〝人間の〟精神の産物ではありません」《レダ》はカミソリのように鋭く論じる。

「そのことはわたしがきみと話したい点のひとつだ」と、ローダン。「クエリオンのテクノロジーの産物として、きみはすくなくともヒューマノイドを手本としている」

「わたしはドリフェル・カプセルの設計者に関してなにも知りません」と、《レダ》は反論する。「わたしは、わたしの〝存在〟をクエリオンのテクノロジーに負っていることを疑っています、わたしには多くの精神的な父がいます……」

そういう些事《さじ》にローダンはかかわりたくない。《レダ》のようなドリフェル・カプセルはネットウォーカーの産物であり、この組織はクエリオンによってつくられた。どれほど多くの応用テクノロジーが実際クエリオン由来のものであるかは、ローダンにとっては重要ではない。クエリオンがオールドタイマー、つまり数百万年前に七強者の依頼で大群を建造したあの三十六種族の連合体と同一であることが重要である。

《レダ》はトリマランと同時にスタートした。プエブロのような旧市街地区とそれに隣接する二十の丘にひろがる未来的な建物や、何千ものブランコやゴンドラを思わせる宇宙船が舞い踊る港のあるひろい入江を持つ都市、この退廃の象牙《ぞうげ》の塔はどんどん下方に遠のき、やがて大気の靄《もや》がそのベールをひろげ、地平線はますますまるくなり、ついには球形に閉ざされた。ヴィナウから十万キロメートルのところでようやく加速飛行をはじめ、ふたたび《レダ》は同じ間隔でトリマランにしたがう。まるでドリフェル・カプセルがカルタン人の船と結びつけられているかのように。

「じつはわたしは、あなたがわたしと話したがっているという印象を持ちました」長い沈黙のあと、《レダ》がいう。

「そのとおりだ」ローダンは認める。「わたしは眠れぬ夜をすごした。邸宅にいるわたしに連絡できないというベオドゥの主張が、頭からはなれない。ギル・ゴルは、ベオドゥの映像通信がジャリプからわたしの住所にきただけで、それ以外の呼びかけはなかったといった。ギル・ゴルのいったことは信じられるのだろうか？」

「もちろんです」と、《レダ》はいう。「かれには知らせをブロックする理由がありません。そしてわたしも、わたしがすでにあなたに保証したように、それをやっていません。おぼえていますか？」

「なぜ、ベオドゥは映像通信のなかで、すでに一度わたしに連絡をとろうと試みたがうまくいかなかったといったのか」ローダンは考えこむ。「なぜかれは嘘をついたのだろうか？」

「かれは本当に嘘をついたのですか？」《レダ》はいい返す。「かれの最初の通信は拒否され、メッセージをのこすことを勧められたのかも」

「しかし、なぜそんな状況に？」

「あなたと直接会話するのを阻止するために」と、《レダ》はいう。「それが、わたしに思いつく唯一論理的な理由です。しかし、いかなる理由から、あなたがたの会話を妨げたかったのかということは訊かないでください」

「おおいに気になるところだ」と、ローダンはいう。「ハウリ人のハン＝シュイ＝クォンが仕組んでいなければいいのだが」

「おかしなことをいわないでください！」《レダ》はとがめるようにいう。「あなたの疑念になんの根拠もありません。あなたは、好色なアッタヴェンノクの不条理な行動とハウリ人の秘密組織とのどこに関連を見ているのですか？」

「すまない、きみがわれわれの心理学者であることを忘れていたよ、《レダ》」かれは皮肉っぽくいう。「ただ、わたしはいやな予感がしたんだ」

「その予感がはずれていることを願っています」と、《レダ》はいう。「しかし、それも長くはつづきません。ジャリプに着陸すれば、はっきりします。それで……どうしてあなたは眠れなかったのですか？」

　ローダンは、ほかの理由をあげたり、ヒントをあたえたおぼえはなかった。しかし、《レダ》はおそらくかれの声や強調された言葉から、このことがすくなくとも、かれをわずらわせているふたつの点のひとつだと判断したのだろう。ドリフェル・カプセルは前にも、非常に高い感情移入の能力を持っていることをしめしていた……そして、実際、かれは、クエリオンとなんらかのかかわりのあることを話したいといったこともある。

「わたしは夢を見た……」と、ローダンははじめ、すぐに誤りをあらためた。「じつは、直感的に一連の妙に生き生きした連想を呼び起こしたんだ。原因に関してははっきり認識しているのだが、つながりがよくわからない。だからきみと話したいと思ってね」

「ああ、あなたはいま、あなたの夢の解釈のためにわたしを悪用するんですね」《レダ》は非難する。「できないわけではありませんが」

「そういうこととはすこし違うのだ」ローダンは《レダ》の口調を気にせずいう。「まず、わたしに話させてほしい。すこしくわしく説明する必要がありそうだ……しかし、わたしがこの点に関して誠実に答えてほしいとたのむのと同じように、きみはいつでも質問してくれてかまわない」

＊

「まず最初の質問だが」と、ローダンははじめる。「六百標準年ほど前、力の集合体エスタルトゥの十二の銀河を通過した構造物があったのを知っているか？　その長さはほぼ一万一千光年、もっとも分厚いところの直径が二千光年ほどある。それはやわらかいバリアによって守られていて、約八十万の惑星と恒星を擁していた。われわれはこの奇妙な構造物を大群と名づけた。大群は本来は知性を促進し、伝播するためにつくられた。しかし、退化し、痴呆化をもたらしただけだった」

「そんな最近に、エスタルトゥにそのような災難があったとすれば、ネットウォーカーの年代記からわかるでしょう」と、《レダ》が答える。

「歴史の記録はゆがめられる」と、ローダンは応じる。

「〝丸太〟がエスタルトゥに出現したもっとも巨大な異構造物です」と、《レダ》はいう。「でも、あなたの意図はどこにあるのです？　わたしが大群に関する情報を持っていることをお忘れですか？　あなたが大群建造者と呼んだクエリオンとの関連において、あなたがその情報をわたしにあたえたのです。しかし、なぜ大群は知性のかわりに痴呆化をもたらしたのですか？　わたしにはわかりません。それはそもそも重要なことなのでしょうか？」

「ひょっとしたら……思いあたることがあるのだ」ローダンはそういい、簡潔な言葉で、大群の退化の経緯を説明することによって、《レダ》の知識の欠落部分を埋める。

クエリオンという言葉でまとめられる三十六種族が七強者の委託を受けて大群を建造したこと。その七強者はコスモクラートのために働いていたこと。反逆した強者バルディオクは大群内部で反乱を引き起こし、そのさいサイノスは支配的力を奪われ、追放され、かれらのかわりに、カルドゥルスが指導的役割を引き継ぎ、その後、大群の作用の仕方は逆転させられたこと。

そして、こうしたことすべては百万年前に、大群がちょうど銀河系を横切っているときに起こったことを。当時、超心理モデュレーターだったサイノスは逃走し、さまざまな姿で、銀河系に定住し、大群を奪い返し、本来の使命にもどすため、大群が百万年後にふたたび銀河系にもどってくる時を待ったこと。

そのことは、六百標準年前に成功した。

「たったふたりのサイノスがテラでエネルギー性保存タンクをもちいて百万年を生きのび、交代で見張りをした」ローダンはさらに説明する。「かれらはシュミットとノストラダムスと名乗った。しかし、かれらの本当の名前は〝イマーゴⅠ〟と〝イマーゴⅡ〟なのだ！」

ローダンはこのあっといわせる効果を最後の最後までとっておいた。それから、意味ありげに沈黙した。

「あなたがなにを意図しているのかとてもよくわかります」しばらくして《レダ》がいう。「そして、このことを考えはじめたことで、あなたが眠れなくなったのは理解できます。いっぽうではイマーゴと名乗るふたりのサイノス、他方ではあなたをかれらのイマーゴとして敬慕しているベングエルとジュアタフ。しかし、なぜこれが悩みの種なんですか？　そこにあなたはどのような関連を見ているのですか？」

「このことがわたしの頭からはなれない」と、ローダンはいう。「わたしは、そこにかくされたヒントがあるかどうかきみが見つける助けをしてくれると考えた。もちろん、名前が同じなのは偶然だということはおおいにありうる。しかし、同じようなことを、わたしはすでに体験している」

「衛星イロンでの出来ごとのことをいっているのですね」《レダ》は知ったかぶりをする。

アンクラム星系の第三惑星の衛星であるイロンで、ローダンはハウリ人の支配下にあり、ヘクサメロンと最後の六日間の哲学の信奉者になるべくプシ＝サイバー・フィールドにさらされた。非常に現実的な印象をあたえるが、もっぱらプシオン的に誘導された夢のなかに、〝プレイヤーの使者〟と称する夢人が忍びこみ……

その後目ざめ、いまようやく、それはかれにとって幻想のなかにあらわれたヒントのように思われたのだ。〝それ〟と〝反それ〟は宇宙チェスの腕くらべのあいだ、〝プレイヤー1〟と〝プレイヤー2〟とあらわされていた。そしてこんどはイマーゴ……サイノスのシュミットは〝イマーゴⅠ〟、そしてノストラダムスは〝イマーゴⅡ〟……そしてペリー・ローダンはハンガイ銀河において、ベングエルとジュアタフにとって〝イマーゴ〟であった……

　すべて偶然にすぎないのか？

「ハウリ人はあなたの記憶からプレイヤーに関するあなたの知識をとりだし、あなたにそれをプシ＝サイバー・フィールドのヴィジョンを介して呈示し、異質なものと思わせようとしたのです」と、《レダ》はいう。「あなたを愚弄《ぐろう》し、消耗させるためだけに」

「もしそうだとしたら、逆効果だった」と、ローダンはいう。なぜなら当時、これと似たような辻褄《つじつま》の合わないディテールが、かれを揺り起こしプシオン性洗脳から救ったのだ。

「そのようなとてもありそうにない関連をつくりあげようと、苦しまないでください」

《レダ》はアドバイスする。

「もうすぐ目的地です」

《レダ》が〝とてもありそうにない〟と考えただけであるなら、関連性を完全には締め出したりしないという《レダ》のいいかたに口をはさむこともできただろう。しかし、それではなんの成果も得られないだろう。

「われわれの会話はなんにもならないと思う」ローダンは失望していう。「きみがわたしにおおいに役だったといえない、《レダ》」

なんとなく、ドリフェル・カプセルがなにかをかくしているという感じがした。だからといって、具体的な知識を知らせずにいるとは考えていない。既存の知識と状況証拠から導きだされた推論が問題なのかもしれない。

しかし、もしかしたら《レダ》がいったとおりだったのかもしれない。

「わたしは、あなたになんらかの幻想に溺れてもらいたくないのです」すこし間をおいて、さりげない口調でつづける。「わたしはベオドゥが元気であり、そのうち事情を知らせてくると確信しています」

《レダ》のコメントはいつも慎重なものが多かったが、今回の予想はあまりにも楽観的だった。

2

宇宙から見ても、ジャリプのことはよくわからない。この第三惑星は厚い雲の層におおわれていて、せいぜい、ときどき極地が開き、氷結した球冠を見ることができるくらいだ。

《レダ》から教えられたことだが、この雲のマントと比較的弱いオゾン層のため、一種の温室効果があり、ジャリプは、恒星との距離に相応するほど寒くはない。平均気温は、カルタン人の故郷である第二惑星のヴィナウより〇・五度高い。

雲におおわれているのでもちろん惑星の地形を見ることはできないが、《レダ》が雲のマントを透視し、ローダンに地表画像をしめした。

それは引き裂かれたような印象をあたえる。本来の意味での大陸はなく、同様にそれほど大きな海もなかった。陸と水面は無造作に散らばったパズルのピースのような印象をあたえる。氷結した両極だけがかなり大きなひろがりを形成し、赤道にも、オーストラリアと比較できるほどのかなり大きな陸があり、それは島ではなく、無数の陸橋でほかの部分とつながった地塊だった。

ジャリプは直径一万六千五百キロメートルで、ヴィナウよりも大きいにもかかわらず、密度が低いせいで、重力は〇・八七Gしかない。軌道上には何千もの衛星だけではなく、数百のかなり大きな宇宙ステーションがある。そのなかには、宇宙工廠《こうしょう》もあった。

なるほどジャリプは独自の宇宙船を製造していないものの、工廠には全ハンガイ銀河から供給された部品があり、種々のトリマラン型が組み立てられていた。活発な宇宙船航行があったので、第三惑星の軌道上はいくらか混み合っていた。しかし、ギル・ゴルのトリマランと《レダ》にはあらかじめ着陸場所が割りふられていたので、飛行に遅れはなかった。

ジャリプには数えきれないほどの都市や集落があり、それらはかなり大きな、そして引き裂かれたような印象をあたえる土地に見られる。あとになってローダンは知ったのだが、惑星全体が分割され、何百万にも細分されていて、カンサハリヤ、つまり二十二の種族による同盟の外交官はそこに住居を持ち、かれらの狩猟用地やかれら自身の研究所やテスト設備用の土地さえ持っていた。

ジャリプは独自の行政機関を持たず、ヴィナウの政府に従属していた。しかし、ヴィナウの政府はこのジャリプ総督府のことをほとんど気にかけていなかった。ヴィナウの許認可コーディネーターが政府の仕事をいいかげんに処理していることや、あるいはヴィナウの人生哲学そのものを知っている者は、だれひとりとしてそのことを驚かない。いずれにせよローダンはこころえていた。

第三惑星は二十一のほぼ同じ大きさの居留地に分割されていて、そのなかにマモシトゥ、グリオル、プランタ人、そのほかのカンサハリヤの種族がわかれて住んでいた。カルタン人だけは、ジャリプにそのような居留地を持っていなかった。かれらはヴィナウを占有していたのだ。

ジャリプ最大の都市はナングハ＝タンであり、赤道地帯唯一の大陸性の土地の高原にある。この首都はすべてのカンサハリヤ諸種族の坩堝《るつぼ》であるだけではなく、同時にプロジェクト機構すなわちシュオ＝ゴン＝ウェンの所在地でもある。

このシュオ＝ゴン＝ウェンの本部はナングハ＝タンの中心部、都市最大の建物のなかにある。この建物の底面は〇・八一平方キロメートルで、高さ千二百メートルの四角錐のピラミッドとして、海のようにひろがった家並みからそびえている。この建物に幅五百メートルのひろびろした土地がつづき、そこには外交官専用飛行場とシュオ＝ゴン＝ウェンのメンバーの住宅があり、大きな庭園をそなえている。

都市計画の悪夢のまんなかにあるオアシス。ギル・ゴルのトリマランはゴン＝ウェン専用の宇宙港に着陸した。そして《レダ》もそれにならった……長さ五十メートルの平たい楕円形をした宇宙船から、百メートルもはなれていないところに。

ローダンがその宇宙船を目にしたならば、すぐになじみのあるものだと思っただろう。同じかたちの搭載艇を知っていて、それで飛んだことさえあるのだから。《レダ》はその宇宙船を探知したが、それはルーチンワークであり、ドリフェル・カプセルはローダンの知識を持っていないので、それに注意を喚起する理由がなかった。

＊

ローダンと着陸場で会ったとき、ギル・ゴルはとてもせっかちだった。

「さ」と、かれは急《せ》きたてるようにいう。「われわれ、本部に行かねばならない。大事が迫っている。将来に関する重要な決定がくだされるだろう。いまこそきみに、シュオ＝ゴン＝ウェンに関する心証を変えるチャンスが訪れる、ペリー・ローダン。われわれがいかにアクティヴであるかを納得できるはずだ」

「その前にやることがある」ローダンはしずかに答える。「わたしはベオドゥを見つけ、かれが元気でいることをたしかめねばならない」

「目前に迫った大事を前にして、一アッタヴェンノクになんの意味があるというのだ！」と、ギル・ゴルは叫ぶ。「なぜわれわれがジャリプへきたのか、思いだしてもらえまいか？　プロジェクト機構の本部へ行くためだ！　われわれは知識権限の中枢のあらたな命令を期待している」

「わかっている」と、ローダン。「しかし、それはわたしには関係がない。ベオドゥの運命のほうがわたしには重要だ」

ギル・ゴルは驚いてかれを見つめた。

「それなのに、きみはわれわれゴン＝ウェンが宇宙的観点をあまりにも気にかけていないと非難する」と、かれはいう。

「ハンガイ銀河は〝きみたちの〟銀河だ。だが、ベオドゥは〝わたしの〟友だ」と、ローダンは答える。もちろん知識権限の中枢に関する情報には興味があったが、ギル・ゴルの興奮に感染されたくなかった。「ベオドゥのところに連れていってくれる案内人を用意してくれないだろうか、ギル・ゴル？」

「それはむずかしいことではない。しかし……」ギル・ゴルは最後までいわず、気持ちにふんぎりをつけて、「まあよかろう、きみはきみの意志を持つべきだ。しかし、わたしはきみに同行できない。わたしにはやることがある」

「わたしがガイドとして、ゴリムにナングハ＝タンを案内していいだろうか？」通信を介して声がした。「わたしはこの間にこの都市をよく知ったし、望むところにかれを連れていくことができる」

ギル・ゴルは話し手を知っているようだった。かれはいう。

「いいだろう。しかし、きみのような者を受け入れるかどうかはペリー・ローダンしだいだ」そういうとローダンのほうを向き、つけくわえる。「きみに警告しておくが、あれはあつかましい男だ。どこにでも鼻を突っこみ、科学をかくれ蓑《みの》にスキャンダル、噂話、陰口のことばかり考えている。われわれは、あの男を本部からほうりださねばならなかった」

「わたしならだいじょうぶだ」と、ローダンはいう。ギル・ゴルの描写にひるむどころか、おもしろがっている。かれはカルタン人の視線を追い、たいらなまるいレンズのような宇宙船を目にして、ある種の予感を持った。

それにもかかわらず、不恰好な宇宙服を着たずんぐりした生物を見たとき驚いた。

「名無し、伝説の研究者！」と、大声を出す。

「きみがかれを知っているなら、すくなくともなにがきみを待ち受けているかわかっているということだ」と、ギル・ゴルはいう。そして、これでかれの要件はかたづいた。

＊

複眼の上の触角を除外すれば、かれの身長は一・二メートル弱だった。複眼とくちばしのような口のあるキチン装甲の頭部、額から首まで伸びる軟骨のふくらみと臀部《でんぶ》を飾るしっぽにもかかわらず、かれはヒューマノイドのようでもあった。からだは洋梨形をしていて、パッドの入った宇宙服のせいで不恰好な印象をあたえた。薄い肩から地面までとどく二本の腕と大きすぎるように見える長靴に突っこまれた二本の短い脚。ほかの外観とはきわめて対照的だったのは手で、一本のおや指と四本の指を持つ手はまさに人間の手だ。いつも手袋をつけている。すくなくともローダンは手袋をつけていない手を見たことがない。

　かれらは惑星トゥヨンで知り合った。名前もどの種族に属しているのかもいいたくなかった名無しは、ベングエルに関する情報をかなり包括的にあたえてくれた。しかし、伝説の研究者は、エスタルトゥに関してなにもいうことができなかった。あるいはいいたくなかったのか。

「われわれはカルタン人の故郷星系で再会するだろうと、わたしはいった」と、名無しは、ローダンがトゥヨンで乗ったことのあるかれの搭載艇で、ナングハ＝タンのヴェンノク地区へ飛びながらいう。「しかし、こんなに長く待つことになるとは思わなかった。着陸場のわたしの宇宙船の前で突然きみを見たとき、ひっくり返らんばかりに驚いたよ。わたしは隔離下にあり、きみは知っているにちがいないが……」

　チャリフ星系にローダンがいることを名無しがなにも知らなかったことに驚いた。ギル・ゴルの言葉から推測すると、自分がここにいることはいたるところで噂になっている、もしくは全ハンガイ銀河がかれの姿ゆえに騒然としているとローダンは思っていた。

名無しにそのことをいうと、鳥のように笑い、

「極度の誇張だ」と、いう。「ジャリプにおいて、ゴン＝ウェン以外だれもきみの存在を知らない。そして、少数の事情通さえきみの姿を知らない」

「だったら、きみはまったく知らないかもしれないな」と、ローダンはいう。

「なにを？」

「ベングエルとジュアタフ・ロボットがわたしをかれらのイマーゴに指名したことを」

「かれらのなににだって？」と、名無しは驚く。「わたしは、かれらが共通の偶像、あるいは神を持っていることをまったく知らなかった。それについて話してもらわなければならない。ひょっとしたら、それが新しい伝説の起源かもしれない。わたしは、それについてすべてを知る必要がある」

「あとで」と、ローダンはいう。「で、エスタルトゥに関するきみの調査で、なにか明らかになったか？」

「なにも」名無しは悲しげにいう。「わたしはヴィナウのすべてのアーカイヴを探したし、プロジェクト機構の本部の訪問許可さえ手に入れた。調査がゴン＝ウェンを不快にし、追いだされるまでだがね……しかし、わたしは、エスタルトゥ伝説とほんのわずかでもかかわりがありそうな資料にまるで遭遇していない。いいかえれば、あっちを伸ばしこっちを縮めれば、かろうじて筋道がとおるような手がかりなら手に入れたが、そう

いうのはきみのコンセプトには合わないだろうな」

「聞かせてくれ」ローダンは、アーチ形の窓から明かりのついた家並みを見おろしながら、かれを元気づける。夜がナングハ＝タンの上に垂れこめ、悪夢のような建築様式の光景をやわらげている。しかし、それでもこの都市は空中から見ると、ポスビが積み木がいっぱいの袋をぶちまけ、無思慮な腕の動きで吹き飛ばしたかのようだ。

　ローダンは、名無しの搭載艇を移動手段と決めたので、《レダ》がすねるのを、思わず考えてしまった。《レダ》を使ったりすればセンセーションを巻き起こすという論拠を、ドリフェル・カプセルは正しいと認めないだろう。それに、名無しのいうことを信じるなら、それは完全に根拠のない予防措置だ。かれと《レダ》はジャリプではまったく知られていないのだから。それゆえに、ハウリ人の秘密組織ハン＝シュイ＝クォンでかれがどれだけ知られていたのかという疑問がおのずと生じる。おもしろくなくもない見方だが。

　ローダンは、名無しが黙ったとき、「伝説」と、いった。

「そこにはなにもない、なんの伝説も」と、名無しは答える。「ヘクサメロンの書のわずか数行に、不信心者への脅しと考えられる指摘がある。それは、すでに何万年ものあいだつづき、ようやくその終わりに近づいているこの六の日に起こる、そう〝最後の六日間〟の預言者たちはいっている……というわけで、六の日のある時点で、ヘクサメロンは特定できないなにものかと対立することになった。それがハンガイ銀河の星間帝国なのか、あるいはほかの銀河のカンサハリヤに似た勢力なのか、あるいはエスタルトゥのような存在なのかどうか、そのことは語られていない。いずれにせよ、ヘクサメロンは敵をあらゆる空間で粉砕し、滅ぼし、それから、宇宙の粒子すべてを、塵《ちり》と化した敵を、吸収したという。その敵がきみのエスタルトゥだったら、それはとっくに存在していない」

「では、わたしがエスタルトゥから数日前、生の兆候を受けとったといったら？」と、ローダンはいう。

「だとしたら、きみはヘクサメロンの策略にひっかかっているのだろうな」と、名無しはいう。「われわれ、まもなく到着する」

名無しはベオドゥのかくれ家を知っていたヴェンノクのゴン＝ウェンであるフェルゲルからその場所を聞いていた。ともかく、ベオドゥがいっしょにいった三名の女アッタヴェンノクは、かれの秘書だった。フェルゲルは自分も同行するといったが、それをギル・ゴルが阻《はば》んだ。

名無しは誘導サービスを利用した。誘導光線にしたがいさえすれば、目的地であるナングハ＝タンのヴェンノク・ゲットーのなかにあるちいさなアッタヴェンノク・コロニーの中心部に着く。

たいらな左右対称のソラマメのように見える搭載艇は、廃棄物の山のような着陸場におりた。その前にはシロアリの塔のかたちをした高層ビルがそびえていて、そばにはさらなる同じかたちの、よりちいさな住宅家屋群がならんでいる。そのうちのひとつ、高層ビルの左から三番めにベオドゥはいるはずだ。

ローダンは、ベオドゥがこのスラム街を快適に感じているとは思えない。三名の同行女性が、アッタヴェンノクの概念で、いかにセクシーであったとしても。

「もしわたしがきみだったら、素性が特定されるような名前は使わない」と、名無しはおりながらいう。「偽名を思いつくか？」

「レムール人のペリーではどうだ？」

「名無しほどよくはない。しかし、ま、よかろう……」

*

空気は重たく、相反するにおいに満ちていた。風向きによって、腐敗臭がしたり、消毒剤の刺激的なにおいが運ばれてきたり、あるいはエキゾティックなにおいが顔に吹きつけたりして、ローダンは気分が悪くなる。

指定された住居ブロックの前で小柄な女アッタヴェンノクがかれらを待っていた。ゆったりした服を着ていて、口吻《こうふん》と視覚翼のある頭部だけが見えている。むらさき色の化粧をしていた。

「わたしはタミラ、フェルゲルの秘書です」自己紹介されなければ、ローダンには、彼女がベオドゥに同行したうちの一名だとわからなかったろう。「周囲に惑わされないでください。建物のなかはとても快適なのです。わたしたちがここをいやになって出ていくようにするためなら、ヴェンノクはなんだってやります。かれらはここにゴミをぶちまけ、清掃コマンドではなく消毒隊を送りこむのです。そのあと、わたしたちは全体をよりましなにおいにするために芳香剤を吹きかけます。ヴェンノクはわたしたちを軽蔑していて、かれらがわたしたちアッタヴェンノクに由来することを恥じています。フェルゲルだけが例外で、ヌウンズ、イルナンそしてわたしを、ほかのゴン＝ウェンのあらゆる抵抗に逆らって雇ってくれました……」

「そろそろなかに入れてくれないだろうか？」ローダンは彼女の淀みない話をとめる。「この悪臭がいよいよ耐えがたくなってきた」

アッタヴェンノクはトランセサイザーをコントロールする前に、興奮した笛のような音を数回発した。それから、ローダンは彼女が次のようにいうのを聞いた。

「……狭すぎて、あなたは頭をぶつけるかもしれません。外でも話はできます。長くはかかりません」

「きみは、なぜわれわれがここにきたのか、知っているのだな？」彼女が確認する笛のような音を出したとき、ローダンはたずねた。「ベオドゥは元気か？」

「だと思います」と、タミラはいう。「しばらく前に出かけました」

「ひとりでか？」ローダンはたずねる。

「いいえ、ヌウンズがいっしょです。ジャリプに到着し、宿舎を見るや、ベオドゥは彼女を連れて逃げだしました。きっと極上のものに慣れているのでしょう」

「で、いまベオドゥはどこにいるんだ？」

「ヌウンズに訊いてください」タミラははねつけるようにいう。ローダンは、彼女が嫉妬にかられてしゃべっているように感じた。

「ベオドゥはヴィナウにいるわたしに連絡してきた」と、ローダンはいう。「二度。かれはここからしたのか？」

「かれはわたしの鉱物コレクションを見てるひまもなかったんですよ」と、タミラは答える。「それでも、バオ宮殿では、四名で……すべてがうまくいっているように見えたのですが」

　タミラが笛のような音を発したが、トランセサイザーは翻訳しなかった。

「きみたち四名でなにをするつもりだったんだ？」ローダンは訊き返した。

「そうね……ベオドゥは夢想家だといって、わたしたちを夢の散歩に連れていってやると自慢していました」タミラは笛のような音をたてて怒った。「だけど、かれはいまたぶんヌウンズとだけそれをしているのでしょう。レセプションのあいだずっと、たがいにひそひそ話をしていましたから」

「タミラ」ローダンはできるだけ思いやりをこめていう。「わたしは、きみがベオドゥとヌウンズに腹をたてていて、かれらをできれば記憶から消したいと思っていることはよく理解できる。しかし、わたしは、かれらがどこにいるのかを知らねばならない。生死にかかわることなんだ！」

タミラの口吻がこわばる。と同時に、頭翼がわずかに震えはじめ、目を両端で神経質にしばたたかせた。

「ミ・アウワの死となにか関係があるということですか？」と、彼女。

「どうしてそう思うのか？」ローダンは鋭く訊く。

しかし、タミラはおびえるようすもなく、口吻を曲げて訊き返す。

「そうなのですか、それとも、そうでないのですか？」

「おおいにありうるだろう」と、ローダンはいう。ベオドゥになにかが起こっているかもしれないという悪い予感がつのってくる。いらいらとタミラを見つめ、「いいかげん、きみが知っていることをいうんだ。さもなくば、わたしはシュオ＝ゴン＝ウェンを介入させる」

「わたしを脅す必要はありません」と、アッタヴェンノクはいう。「ベオドゥは大ホールでだれかに声をかけられました。だれからかはわかりません。その後、かれは完全にうろたえていました。かれはバオ宮殿から、ヴィナウからはなれたがりました。だから、わたしたちは、かれをジャリプに連れていってあげるといったのです。機内でようやく、かれはわたしたちにいってくれました、知らない人にミ・アウワの死を告げられ、ある会合に出るようにたのまれたというのです。ジャリプに到着してようやくかれはおちつきました。そして、すべてがうまくいく、自分がなんとかするといいました。ええ、ベオドゥがなんとかおちつきを取りもどしたのは、わたしたちといっしょにここに着いてからなんです。ようやく安心したようでした」

「話の内容を知っているか？」

「いいえ。そのときベオドゥといっしょにいたのはヌウンズだけでした。彼女は、ベオドゥが……夢の散歩に出かけるベオドゥに自分がついていくとだけいったのです」

「彼女は脅されている感じではなかったか？」

「わたしはなにも知りません。ベオドゥも、個人的に脅されているとは感じてはいなかった。かれがこの件を処理できるだろうといったとき、わたしは、かれがほかのだれかのために役にたちたいと考えているような印象を持ちました。言葉でそうはいいませんでしたが、わたしはボディランゲージに精通しているのです」

　ベオドゥはだれに好意をしめしたかったのだろうかと、ローダンは自問した。たとえば、わたしにか？

「タミラ、ベオドゥとヌウンズに対するきみの感情をちょっとおさえて、かれらがどこへ行ったのか教えてもらえまいか？」ローダンはたずねる。

「共通の夢へ」

「きみはさっき場所の名前をいいそうになったね」ローダンは彼女にいい、強くつけくわえる。「生死の問題なんだ！」

「なによ！」タミラは怒って叫ぶ。「かれらは、自分たちだけになれる宿を探していた。それはタンジ＝ティムブ以外にありえません。星間的雰囲気。最高の贅沢！」

彼女は話しながら踵《きびす》を返し、ひと跳びで玄関ホールに入り、低くうなり声をあげるなり、たちまちドアの背後に消えた。

「きみのアッタヴェンノクの友はなかなかのやつだ、すごいな」と、名無しはいう。

「では、タンジ＝ティムブを知っているのか？」

「それはチャリフ星系にあるパラダイスだ。そして、夢想家のためだけのものではない」

3

もちろんどの種族にもパラダイスに関して独自のイメージがある。しかし、ローダンは、タンジ＝ティムブはパラダイスであり、同時に地獄であるという考えにいたった。

公式には三階建てだが三十の地下階を持つ八角形のかたちをした複合ビルは、会議およびレクリエーションセンターとして、また〝出会いの場所〟としてもちいられる。実際ここでは良質で高価なもの、禁じられているものすべてが提供される。薬物や幻覚マシンを使って、自分自身の自我の深淵へとトリップできたり、あるいはヘクサメロンの国へトリップし、人生のほんの一瞬、〝最後の六日間〟の哲学者のような気分になれる、そういわれた。しかも〝そのために精神的障害を受ける〟ことはない、と。

しかし、ここでは会議も開催され、参加者は外に向かって、真剣さをアピールすることもできた。

ゲストリスト？　それはもちろん厳重に守られた秘密である。

「わたしにやらせてくれ」と、名無し。「わたしはいまも、シュオ＝ゴン＝ウェンが発行してくれた外交官パスポートを持っている」

かれは、フロントのロボットから、望む情報とかれらがタンジ＝ティムブの全エリアに入れる許可証を手に入れるのに、二分とかからなかった。

五分後、かれらは反重力リフトで地下二十階におり、さらに五分後には、エネルギー性保安装甲扉をとおって、ベオドゥとヌウンズが宿泊するスイートに入った。

部屋が滝のある人工湖のまわりに配置されていて、その上にハンガイ銀河の夜の星空さながらホログラムがひろがっているのを見て、ローダンはすくなからず驚いた。

最初に一巡したとき、スイートには人の気配がないように思われた。よりくわしく調べてようやく、ゲーム機器のある閉じられたキャビンに、女アッタヴェンノクを見つけた。トランス状態にあるのか、からだに適応した成型シートによりかかっていた。

名無しはゲーム機器のスイッチを切った。アッタヴェンノクはしだいに合成夢から目ざめだした。目のある頭翼をゆっくりともたげ、かれらのほうに目くばせする。

「ハロー、友たち」彼女は朦朧《もうろう》としていう。「わたしは、より美しい世界にちょっとより道をして楽しんでました……でも、すぐにまたパーティーに参加します」

ローダンは彼女の両方の上腕をつかみ、揺さぶり、

「ベオドゥはどこだ？」と、どなりつける。

「あら、あなたはへんちくりんなすりこぎみたいなベオドゥの友ですね」彼女は突然気

づいていう。「ごめんなさい、ベオドゥは、わたしがあなたを愚弄することを好みません。どうやって、わたしたちを見つけたのですか？　ベオドゥが呼んだのですか？」

「いまベオドゥはどこにいる？」、ローダンは強い調子で訊く。

「どうして、わたしがそんなことを知っているというのです？」いまなお覚醒していないヌウンズはいう。「わたしは放心状態だったのよ。どうしてほかの者にたずねないのですか？」

「ここにはほかにだれもいない」と、ローダンはいう。「きみだけだ」

「なんですって？　パーティーは終わったのですか？　わたしにはわかりません。わたしだけここにすわらせたままにしているなどありえない。ベオドゥはわたしを置き去りにしたりしないわ。はじまりはすごくおもしろそうだったのに、それですむわけがなかったのね」

　ローダンはアッタヴェンノクを肘かけ椅子から持ちあげ、人工湖に運び、さくっと投げ入れた。彼女は笛のような音を発し、あえぎながら、怒ってぴちゃぴちゃ音をたてた。しかし、陸にたどり着いたときは、すくなくともはっきりと目ざめていた。

「なにがなんだか」と、彼女はいい、人気《ひとけ》のない人工景観をわけがわからないというふうに見まわす。「そもそもわたしたちのパーティーではなかった。わたしたちは招待された客にすぎませんでした」

「だれがきみたちを招待したのだ？」ローダンはたずねる。

「ベオドゥからなにも聞いてません」と、ヌウンズは答える。「いろいろあったんです。ベオドゥはありとあらゆる人々と話をしました。実際、カンサハリヤの全種族が出席していました。ナックさえね。わたしは名前を忘れましたが、かれがベオドゥにある資料を見せると約束したのをおぼえています。ベオドゥはそれをぜひ見たいといっていました。そして、かれがナックとヴィデオルームに引っこんでいるあいだに、わたしはトリップを楽しんでいたのです。これがすべてです。そして、あなたがたがわたしを夢から引きはがした」

「わたしもその資料を見るチャンスがあると思うか？」ローダンは知りたがった。

「ためしてみましょう」と、ヌウンズはいい、かれをヴィデオルームに案内した。

*

最初は闇だけが見え、ややゆがんだ、機械的に響く声が聞こえてきた。

声はいう。

「わたしはプルエルと呼ばれた。わたしがこの名前を望むかどうか、そもそもわたしが名前を必要とするかどうかを訊かれることもなく。実際、どうだっていいことだ。ともあれ、わたしはプルエルという。わたしはナック、ナック種族に属するのだそうだ。

かれらはわたしをわたしの自然な生活領域から連れだし、わたしのリズムから引きはがし、わたしをあちこちに押し動かし、こうしたことすべてがわたしにしあわせをもたらすといった。

かれらの世界で生きられ、統合されるように、技術的補助器具をあたえられた。しかし、そもそもわたしがそのような生活を望んでいるかどうか、だれからもたずねられなかった。

振り返ってみて、わたしは、この強制的幸福の方法をもはやまったく非難するつもりはないといわざるをえない。つまり、われわれナックが、この世界で生きのこれるように、サイボーグ化されているのはまったく悪いことではないのかもしれない。

ただし、問題は、この世界が必要かどうかだ。

なぜ、われわれを、あるがままのわれわれでいさせておいてくれなかったのか？

答えはかんたんだ。われわれを、われわれのプシオン能力を必要としていたからだ。

しかし、ちいさくて耳の聞こえない盲目の虫が、カンサハリヤの世界で勝手がわかるナックになるまで、それは長くつらい道だった。そういう目に遭わされたナックにとってはつらかった。

次のいくつかの映像は、この苦難の道を伝えるためのものだ」

闇がすこし明るくなり、影があるのがわかった。暗闇にもかかわらず丘陵状の岩石砂漠が見えた。カルスト世界の夜。

一見、生命のない荒涼とした世界のなかで、鈍く光る金属製のさまざまな姿のロボットが動き、金属製のからだが恒星光を反射している。

ロボットはハンターだ。かれらは一ナックを追跡している。ナックは突然岩滓《がんさい》質の岩の背後に飛びだし、防御のため六対の腕をカメラに向かってさしのべ、めいっぱいに伸ばし、把握器官を動かす。

「せめて安らかに死なせてくれ」と、かれは叫ぶ。

「もちろんですとも、リムカル、安らかに死ねます」ロボットの一体がいう。

ナックが映像から消えた。ロボット隊はしばらく動かずにいたが、その後カメラがふたたび不安定な動きをはじめた。明らかに、カメラが一ロボットにとりつけられているか、あるいはロボットの光学装置によって見ている。

地平線が明るくなり、恒星チャリフの赤い光線が空を照らし、ついには燃えるように赤い球として岩滓質の丘の、ぎざぎざのシルエットの背後にあらわれ、輝く空のコース上で、こぶし大のまばゆい炎に収縮しはじめた。

ロボット隊はナックの頭部マスクを発見する。無傷だ。ロボットたちはそれをひろいあげた。それから、溶けた鉛でできたような湖を見つける。しかし、鉛湖ではありえない。なぜならチャリフ星系の第一惑星であるナンサルは鉛を、したがってナックのからだの装甲を溶かすほど高温ではない。

かれはここから人工的な運動補助器具なしに移動したにちがいない。ナメクジのように。

ロボットたちは急ぐ必要はなかった。かれらのカメラが、側面にクモのかたちをしたエレクトロン放電が起こっている山の連なりをとらえる。エレクトロン・クモのいくつかは岩からはなれ、ロボット隊のほうへ滑空してきた。それらは飛来中に撃たれると、すぐに放電が消えて黒い雲のような形成物が生じる。それらは急速に上昇し、視界から消えた。

岩壁はどんどん近づいてきた。いまや、何ダースもの洞窟の入口が見える。それらはさまざまな高さにあり、いくつかはクモの領域にあった。カメラは映像を拡大し、ナックのからだをつつんでいるクモのようなエレクトロン現象をとらえる。ナックは断末魔のあがきのなかにいた。

ロボットたちは洞窟のなかに進入する。カメラは枝わかれした穴をはしり、暗闇は赤外線によって照らされる。

ロボットたちは、三分の一が粥《かゆ》状の液体で満たされた洞窟に入った。

地面は何名かのナックのからだでおおわれていた。クローズアップすると、ナックの乾燥した外皮だけがのこされているのが認識できる。ロボットがむとんちゃくに踏みつけ、壊れた。隊はさらに洞窟のなかへと進んでいく。巨大なひろさを持つものがいくつかあり、死んで空洞になった何千ものナックが横たわっていた。地面は厚い塵やさまざまな大きさの破片でおおわれていた……太古の昔に死ぬためにここにたどり着いたナックがのこしたもののすべて。

さらに深い洞窟領域で、ロボットたちは、技術的な人工補助器具すべてを脱いだナックのリムカルに遭遇した。かれのナメクジのようなからだはぱっくり口を開けていて、傷口から、人間の手ほどもないちいさな虫が這いでていた。二番めの虫が死んでいく母体を去り、それからもう一名、そしてもう一名……ぜんぶで十三名のちいさなナック……

ロボットたちはそれらを集め、シリンダー状の容器に入れる。それから、ふたたび散開し、ほかの新しく孵化《ふか》したナックを探す。さらに数ダースを発見し、それらを容器に集める。岩の頂上に移動しようとして、ちょうどそのなかに姿を消そうとしていた何名かのナックを、かれらは岩の隙間からとりだした。

「かれらはわれわれのノーマルなライフサイクルにも影響をあたえる」ふたたびナックのプルエルの声がいう。その間も、ロボットたちは岩の垂直の割れめを上昇し、遭遇したちいさなナックをさらに集めているようすを見ることができる。

プルエルはつづける。

「かれらは、われわれの墓場であり、同時に生誕地である場所をけがす。それどころか、かれらは、われわれがナックの墓場へ行くことを、原本能がそこへと向かわせることさえ、妨げる。われわれの多くは最期の時を、冷たくて無菌のロボット孵化設備のなかで迎える。そこで子孫は人工的に生かされ、イニシエーションの聖なる場所に確実に運ばれる。わたしは幸運にも自然に誕生したので、早産児保育器ナックよりいくらかまさっていると思っている。わたしはこの経験を完全に記憶している。なぜなら先祖の誕生の場所でイニシエーションを経験したナックは比類のないすばらしい瞬間をけっして忘れることはないから。この体験をナックでない者に理解させることは、わたしにはできない」

声は沈黙し、映像だけが流れる。ロボットたちは洞窟網をはなれ、高原にたどり着く。そこにはちいさなナックの新生児が群がっていて、ロボットたちは集めた新生児を外にだす。カメラは盲目的に這いまわる虫たちをうつす。カメラがパンし、恒星チャリフがカメラの背後にきたとき、ちいさなナックたちの上に影が落ちる。その影はロボットのものではなく、ヒューマノイド生物のもののように思われたが、錯覚かもしれない。なぜならカメラはまたもやすぐにパンし、影の映像はほんのわずかなあいだ見えたにすぎなかったから。

突然、エレクトロン・クモが群れをなしてあらわれ、ちいさなナックたちに突進し、かれらの生命エネルギーを吸いつくそうとする。しかし、ロボットたちが見張っていて、クモのほとんどを射とめた。やがて空が部分的に暗い雲の下でかげり、雷雨の到来が予告される。

半ダースのエネルギー・クモがロボットに撃たれて爆発したとき、反射で、またもや一瞬、長身で痩《や》せたヒューマノイドが見えた……

次のシーンはふたたび夜で、映像は二度と明るくならなかった。

ナックのプルエルの機械的な声が説明する。

「何日ものあいだ新生児は持ちこたえ、永遠のかけらのプシオン放射を待つ。深く根づいている本能的な種族意識で、これらのプシオン放射が一定の間隔でくりかえされ、それが自分たちの成長のために必要だと感じている。そのため、衛星アナンサルが空にあらわれ、超高周波のハイパー放射を放出するまで待つ。もちろんちいさな虫たちはこの出来ごとの化学的名称を知らない。ブラックホールからのプシオン放射がかれらのなかに、アナンサルのハイパーエネルギー放射を浴びることで、ようやくかれらのプシ能力の目ざめが引き起こされることを、特別な視覚と聴覚をあたえられることを、かれらはまったく知らない。そしてアナンサルのプシオン放射を浴びることでようやく、盲目の虫は、上位の領域を見、聞くことのできるプシ能力者になる。

感覚がこのように研《と》ぎ澄まされ、自分なりに世界を見ることができるようになれば、成長したナックは生きていける。最大の敵である稲妻グモを適時に探知し、身を守る場所を探すことができる。ナックは、世界の暗闇を照らすプシオン・エネルギー・フィールドラインを見、宇宙的多様さのすばらしい世界を体験する。

永遠のかけらであるアナンサルは充分な贈り物をあたえた。ナックにはそれで充分である。

しかし、ほかの者たち、つまりカルタン人やカンサハリヤのほかの諸種族にとってはそうではない。かれらはナックの才能を、促進し強化すべき潜在的能力とみなした。それゆえ、かれらは若いナックを、ロボット同行者をつけて、〝永遠なる穴〟という不適切な言葉で呼ばれる場所に送る。

この場所で若いナックは、アナンサルの何倍ものハイパーエネルギー性照射、つまり徹底的なプシオン性雷雨にさらされる。そしてここで特別な聴覚と視覚が完全なものになる。

しかし、ナックがこの能力を獲得しても、それらを変換できなければ、ほかの者の役にたたない。そのためナックに技術的な補助、つまりほかの生物に理解される音声言語で表現することを可能にし、かれらとコミュニケーションできる視覚・言語装置をそなえつけなければならない。わたしはすでに、わたしの世界ではない、このべつの世界に根をはりすぎた。

しかし、アナンサルにキスされ、永遠のかけらにとりつかれた若いナックとして、わたしが最初からやりなおせるなら、わたしは、永遠なる穴に落ちることよりも、この運命のつつましい恵みのほうを選ぶだろう。

わたしの時がきたら、先祖の地にたどり着くために、わたしは、すべてをささげるつもりだ。わたしはわたしの命を種族の墓場で吐きだし、わたしの死んでいくからだから孵化したわたしの子孫に、われわれの種に定められた自然と結びついたやり方で成長する可能性をあたえる。

すでにいったように、わたしはもうあともどりできない。しかし、ひょっとしたら、ナックの生活の真の価値を考えることは、後継世代にとってはまだ遅すぎないのかもしれない。

そしてかけらが成長し、それから穴ができるのであれば、わたしはそれも歓迎するだろう。

ひょっとしたらこの方法でまだ帰る道が見つかるかもしれない」

声がやみ、闇は薄れていく。

そしてヴィデオルームがふたたび明るくなったとき、ローダンは、それまでの暗闇がナックに色とかたちのすばらしい世界を見せたものと確信していた。

ローダンは、ナックの宇宙に手がとどかなかったことを残念に思った。なぜならかれにはプシオン性の鋭い感覚がなかったから。

しかし、ナックについて多くのことを知ったというだけではなく、ベオドゥが消えたことに関して興味深い情報と手がかりも得られた。

もしこのヴィデオがきっかけになっているのであれば、そしてローダンはそうだと確信していたが、アッタヴェンノクを探すべき場所がどこなのかはっきりとわかった。

＊

ヌウンズはそれ以上のことをローダンに語ることはできなかったが、そのあとどうなったのか理解するのに、かれはもう彼女の助けを必要としなかった。

ナックに関するフィルムを見たあと、ベオドゥはナックの母惑星ナンサルに向かったのだ。ひょっとしたらヴィデオをつくったプルエルもいっしょだったかもしれない。

ベオドゥの動機に関しては推測できるにすぎない。おそらくアッタヴェンノクは、第一惑星で、ハウリ人の秘密組織ハン＝シュイ＝クォンに関するさらなる手がかりが得られると思ったのだろう。

ベオドゥはローダンにかれの意図を知らせたかったのだろうが、連絡できなかった。なぜなら、だれかがそれをブロックしていたので。そしてそのだれかがベオドゥに、映像通信を送るよう提案したのだ。

しかし、それにしても曖昧《あいまい》な知らせだ。それにはふたつの理由が考えられる。ベオドゥはほかの者がいるところで詳細に踏みこみたくなかったか、あるいはだれかがメッセージの重要な個所を切りとったか。

ローダンは両方とも気にいらなかった。なぜなら、どう考えても、ことはベオドゥに有利なものではない。

ヴィデオはハウリ人がかかわるふたつのかくされた手がかりをしめしていた。ひとつは、あるシーンで、ヒューマノイドの影が若いナック上に落ちた。もうひとつは、ハウリ人に似たようなヒューマノイドのシルエットが見えた。

「わたしは、ダルフロルからの惑星ナンサルへの招待を受け入れる」と、ローダンはいう。ナックのゴン＝ウェンは、ナックをよりよく知り理解するために、かれに自分の故郷惑星にくるようにと提案していた。

いま、かれは用意ができている。

ローダンが名無しといっしょに《レダ》にもどってきたとき、ドリフェル・カプセルが報告した。

「ギル・ゴルから連絡がありました。可及的すみやかにプロジェクト機構の本部にきてほしいと、あなたに乞うています。いまにも知識権限の中枢とのコンタクトができるのではと期待していたようでした」

「いかなるコンタクトを？」ローダンは知りたがる。

「それに関しては、わたしはいかなる情報も持っていません」《レダ》はやさしくいう。「でも、ギル・ゴルの連絡は非常に一般的だったので、いかなる解釈も許されます。わたしに訊かれれば、ギル・ゴル自身、知識権限の中枢との連絡方法を知らないのではないかと」

「わたしはきみに訊いたか？」と、ローダン。

「わたしは行ってみたい」と、名無しは叫ぶ。「わたしが本部に立ち入ることができるよう許可をとりつけてほしい、ペリー・ローダン……ワキアン。そのかわりに、ナックの惑星に同行しよう」

　ローダンはそもそも、かれが伝説の研究者の同行を望んでいるのか、まったく確信が持てなかった。

4

「この詮索好きをシュオ＝ゴン＝ウェンの本部に入れるわけにはいかない」ペリー・ローダンのかたわらに名無しがいるのを見て、ギル・ゴルはきっぱりといった。

「だったら、わたしのこともあきらめてもらわねばならない」と、ローダンは応じ、ギル・ゴルに譲歩をせまる。

ギル・ゴルが譲歩したことにローダンは驚いた。なぜなら、自分がどうしてこれほどまでに必要とされているのか、想像することができなかったから。それ以上に、自分自身に驚いた。名無しにえらく肩入れしていることに、そしてそのことで知識権限の中枢を〝知る〟機会をふいにしかねなかったことに。

「きみはもう知識権限の中枢から連絡が入るというサインをもらったのか？」ローダンは、ななめの反重力リフトでピラミッドの先端まで昇りながらたずねる。

「ああ」と、ギル・ゴルは名無しをちらりと横目で見たあと、簡潔にいうと、短い間を置いてつけくわえた。「われわれはあらたな命令を必要としている。ハンガイ銀河の三つめの四分の一の転移は目前に迫っている。そして、きみがジュアタフと呼ぶロボットたちとベングエルはいまなおアンクラム星系を包囲している。レン・ノは、かれらの対処法を知らない」

ローダンはレン・ノから、ハンガイ銀河の第三クオーターのべつの宇宙への転移は八月四日、つまりほぼ二週間後におこなわれる予定になっていると聞いていた。予定日を、それに関連したハウリ人の画策がないことが明らかになるまで、数日あるいは数週間延期するよう、ローダンはギル・ゴルに助言していた。しかし、ギル・ゴルは、みずからを、そのような決定のできる立場にないと見ていた。ひょっとしたらかれは、知識権限の中枢が転移を延期する命令を出すのを望んでいたのかもしれない。

あらたな命令を伝達するというどのようなサインをギル・ゴルは知識権限の中枢から受けとったのだろうかと、ローダンは自問する。なんといってもギル・ゴルは、プロジェクト機構の現メンバーと元メンバーの意識に埋めこまれているすべての知識はプシオン性のものだと思っている。そういう意味では、ギル・ゴルやほかのすべてのゴン＝ウェンは知識権限の中枢の一員であり、命令伝達は完全にテレパシーでおこなわれたのかもしれない。

だとすると、ローダンを失望させることになる。

かれらは反重力リフトを出て、一連のエネルギー性保安エアロックをとおって、カルタン人だけが配属されている司令部に入った。

ギル・ゴルが制御コンソールに行き、職務に従事している技術者と小声で話しているあいだに、ローダンは、部屋を側面で区切る透明壁に歩みよる。

装甲ガラスをとおして見たとき、ほとんど目眩《めまい》がした。まるで千メートルの深淵をのぞきこんでいるような感じがした。ピラミッド全体が空洞で、すべての設備は、厚さ四十メートルほどの側壁にある。空洞も同様に四角錐で、その壁は装甲プラストに似た透明な材料でできていて、その奥の多くの階層で働くちいさな姿が見えた。何千名もが、種々の機器の前にすわったり立ったりしている。そして制御室はそれぞれ、カンサハリヤのメンバー種族が占めていた。

向かい側の透明壁に目をやると、十の階層で、平均身長二メートル半の無毛の巨漢であるプランタ人だけが働いていた。そしてローダンは、同じ高さに立つ一プランタ人がかれを見つめているのに気づいた。

あれはゴン＝ウェンのセム・ト・タウタかもしれない。例の告発のせいで、ローダンをひどくきらっていた。五十メートルほどはなれたところからプランタ人に友好的に手を振ってみるが、かれはあからさまに顔を背けた。

「わたしはここにはきたことがない」名無しがローダンのかたわらでいう。「これまでわたしは重要でない区画にしか入れてもらえていなかったことが、いまはっきりした」

「アーカイヴを見たいというきみの希望に添っただけだ」と、ギル・ゴルがかれらの背後からいい、ローダンのそばにくわわる。カルタン人はある種の畏敬の念を持って深淵を見ながらたずねる。「どうしてきみは、ここが特別重要だという結論を引きだしたんだ？」

「これだけ金《かね》をかけてるんだから、そりゃそうだろう」と、名無しはいう。「そして、この巨大な空洞に意味がないなら、かなりむだな場所を使っていることになる」

ギル・ゴルはそのとおりだというふうにうなずき、

「この空洞は知識権限の中枢のプシオン性実体化のための一種の共鳴体として機能している」と、説明する。「技術者たちは段階的に強まるハイパーエネルギー性電圧を確認した。もうそろそろだろう」

ローダンはネット・コンビネーションのピココンピュータで計測したが、満足のいく結果は得られなかった。理由は、プシオン性〝共鳴体〟の遮蔽《しゃへい》度がきわめて高いからだ。

「どのようなやり方で知識権限の中枢は見解をあらわすのか、教えてもらえるか、ギル・ゴル？」ローダンは知りたがる。

「どういえばいいのか」ギル・ゴルは要領をえない。知らないことを明らかに不満に感じている。「ゴン＝ウェンを媒体としてもちいて、その口をとおして伝えることもある。しかし、今回は兆候が異なっていて……」サイレンの音で黙りこむ。それから、かれは叫んだ。「時がきた」

ギル・ゴルはローダンと名無しにかまうことなく、一辺が六十センチメートルある透明プロジェクション・キューブをそなえた制御コンソールへ急いだ。

ローダンと伝説の研究者はカルタン人のあとを追う。

サイレンが鳴りやむと、こんどは操作室の装置があわただしく動きだした。プロジェクション・キューブのなかに霧のような光雲が形成され、それがしだいにかたちを帯びてくる。ローダンは、プロジェクションが名無しのような存在、それどころかまさにかれにそっくりの姿であることを認識してますます驚く。

そのプロジェクションがしゃべりだしたとき、言葉が同時に名無しの口からも出てきた。ローダンが透明壁ごしに見ると、そこにも、共鳴体全体にひろがっている、ゆがみ変化した名無しの巨大なプロジェクションを発見した。そして三つすべて……ふたつの非常に異なったプロジェクションと名無し……が、同時に同じ言葉を発し、言葉はこだまのように響きわたる。

言葉はこういった。

「かれらは非常に多く、多く……無限に多く……そしてそれにもかかわらずかれらは孤独で……非常に多くそして非常に孤独……目下、成熟の……」

ローダンは振り返って、ギル・ゴルに怒りをこめて、

「きみはこの手品でなにをやりたいんだ？」と、どなりつける。「こんな手品を見せるために、きみはわたしを呼びよせたのか？」

ギル・ゴルは完全にうろたえている。

かれはいう。

「トリックなんかじゃない。知識権限の中枢が話しているのだ」

＊

カルタン人の技術者たちは、自分たちのすぐ近くでなにが起きているのか、まったくわかっていなかった。かれらの関心の対象が、同じ部屋にいる名無しのなかにあることに気づくことなしに、出来ごとをひたすらかれらの装置のデータ出力にもとづいて記録していた。

かれらはホログラム・キューブのなかに、知識権限の中枢の使者を見ている。そして、共鳴体である本部内の高さ千メートルの空洞ピラミッドのなかに、巨大プロジェクションを見つけた。ほかのすべてはかれらにはかくされたままだ。

ローダンは名無しが知識権限の中枢の媒体であるなどとは信じることができない。なぜ、よりにもよって伝説の研究者が？　かれがプロジェクト機構となんのかかわりがあるというのか？　かれの種族はカンサハリヤの代表にすらなっていないし、かれ自身、知識権限の中枢とはなんの関係もない。それとも？

　ローダンの視線は名無しとギル・ゴルのあいだを行ったりきたりする。カルタン人があからさまに狼狽《ろうばい》しているにもかかわらず、ローダンは懐疑的だった。

　名無しはトランス状態にあるようだった。触角は硬直しており、複眼はうつろなグリーンに輝き、からだに力がないようだった。からだは動かず、突きだした口だけがゆっくりと動いているが、声が出てこない。

　ローダンはかれのほうに行こうと動きかけたが、ギル・ゴルが引きとめ、

「かれを驚かせてはいけない！」と、命じるようにいう。「きみがコンタクトを妨げる可能性がある」

　かっとしたローダンに、ギル・ゴルがつけくわえていう。

「きみが名無しをむりやりトランス状態から引きはなしたら、そのショックでかれを死にいたらしめるかもしれない。かれは強いプシオン・エネルギーの焦点のなかにいる。かれに話しかけてはいけない。いわねばならぬことは自分でいうだろう」

　ローダンはあとずさった。疑念はしだいに薄れていく。どうして、このような芝居をする必要があるというのだ？　わたしに対する偽装工作のためだけに？

「名無しは自分から話すだろう」ギル・ゴルは、ローダンのいらだちに気づき、「かれに時間をあたえるのだ」

ようやく名無しが動きだす。からだに痙攣《けいれん》がはしり、それからその場で四分の一回転する。そのさい、口が動く。最初は不明瞭なつぶやきにすぎなかったが、しだいに理解できるカルタン語になった。

「……永遠の祭壇での犠牲」名無しはいう。複眼が黄色っぽい微光を帯び、蛍光を発しはじめた。「儀式マイスターと犠牲者は同一だが、犠牲者は自分自身をそのように見ていない。かれらはみずから進んで拷問室から拷問室へ行き、科される痛みをよろこんで受け入れ、そして幸福だと思いながら、エクスタシー状態になる……」

名無しは口をつぐむと、ふたたび四分の一回転したので、ローダンとギル・ゴルに背を向けて透明壁に向いて立っている。

ローダンは問いかけるようにギル・ゴルを見たが、カルタン人も謎めいたメッセージを解釈できないようだ。

名無しはつづけていう。

「生《い》け贄《にえ》には名前がある。そして、その名前とは一種族の名だ。歓声をあげながら死に、よろこんで無に収容される。なぜなら、これはちいさな死にすぎないといわれているから。短い眠り、次の再生への薄暗がり。かれらを救ってくれ！」

最後の言葉を名無しは文字どおり叫んだ。ここにいたって技術者たちでさえようやく気づいた。なぜならプシオン性ホログラムはこの訴えだけをささやいたのだから。

「かれらを救ってくれ！」ホロ・キューブからささやきが発せられた。

「かれらを救ってくれ！」ピラミッド形の共鳴体のなかの巨大プロジェクションが懇願する。

「その種族を救ってくれ！」名無しが痙攣しながら叫ぶ。「ナックに、かれらの真の天命がなんであるかをいうのだ。無害なかけらから破壊の棍棒をつくろうとしている偽預言者たちを阻止するのだ」

ローダンは、名無しのエネルギーがなくなると思い、助けようとかれのところに急ごうとするが、またもやギル・ゴルが介入する。

「知識権限の中枢はもっと情報を持っているにちがいない」と、カルタン人は確信を持っていう。「これだけのはずがない」

カルタン人は重要なことをもっと聞けると思って待つが、むだだった。

「無害なかけらが潰滅的な棍棒になることを阻止せよ！」名無しは弱々しくなる声でいう。「チャリフ星系がナックの墓場になるなど許されない……」

最後の言葉はほとんど理解できなかった。名無しが話し終えるや、複眼は輝きを完全に失い、かれはくずおれた。

もはや辛抱できなくなったギル・ゴルは、伝説の研究者に跳びかかり、肩をつかみ、どなりつける。

「アンクラム・プロジェクトはどうなるんだ？　われわれに命令をあたえてくれ！　われわれ、この状況でどのように行動すればいいんだ？　いってくれ！　なにを……？」

　いまや、ギル・ゴルに慎むよう注意するのはローダンのほうだった。むりやり名無しから引きはなし、生気に乏しい名無しを肘かけ椅子に横たえる。

「きみの失望は理解できる」ローダンはギル・ゴルにいう。「しかし、わたしはすでにきみに、知識権限の中枢が期待された成果をあげないときは、プロジェクト機構がイニシアティヴを握るべきだと忠告した」

「わたしには理解できない」カルタン人はわけがわからないといった感じで、「焦眉《しょうび》の問題に対する態度決定のかわりに……重要でないおしゃべりとは……」

「さっき述べられたことが、重要でないことだとは思わない」ローダンは異論を唱える。「しかし、それにもかかわらず、ある種の関連から見ると、悪魔的なジョークのように響く」

　そして、ベオドゥの夢とナックに関するヴィデオのメッセージのことを考えた。

＊

　名無しは急速に回復した。しかし、かれにたずねても、あらたな認識は得られなかった。かれは、かれがいった以上のことは知らなかった。

「まったく奇妙だった」と、かれはいう。「制御できない力が流れこんでくるのを感じた。わたしのなかに未知の力があった。しかし、わたしはこの力と対話することはできなかった。それはわたしにメッセージ、つまり警告を暗示し、わたしはそれを自動的に発しただけだ。わたしは自分を媒体として意識し、わたしが知識権限の中枢とコンタクトを持っているのがはっきりとわかっていた。しかし、わたしのなかにメッセージをこえた知識は流れこんでこなかった。ひとつだけ、はっきりわかったことがある。そしてそのことを、自分で再現した以上に、はっきりと認識した。つまり、チャリフ星系は深刻な危険にさらされている、ということ」

「きみはナックの脅威について話した」ギル・ゴルが思い起こさせる。

　名無しはちょっと考えたようだったが、それからいった。

「そのとおりだ。しかし、ナックの脅威は全チャリフ星系にかかわる。〝棍棒〟は残忍な大量殲滅《せんめつ》兵器であり、一部だけの破壊ではすまない」

「知識権限の中枢がそう考えていたとしても、いずれにせよきみははっきりと表現しなかった」と、ローダンは非難する。

「名無しは媒体にすぎなかったのだ」ギル・ゴルは伝説の研究者を擁護する。「かれはメッセージを正確に伝えただけだ。それを正しく解釈するのはシュオ＝ゴン＝ウェンの問題だ」

「とはいえ」と、ローダンはいい、名無しのほうを向く。「思いだしてみてくれ、きみは媒体としてハウリ人となんらかの関係はあったのか、あるいはチャリフ星系におけるその秘密組織、つまりハン＝シュイ＝クォンと関係があったのか。ひょっとしたら〝短い六日間〟とかかわることで、名無し？」

伝説の研究者は嘲笑するようにくちばしのような口をゆがめ、「わたしはもう媒体ではない」と、いう。「わたしがいえることは、わたしの主観的な考えだ。しかし、たぶん、星系を包含するような脅威をもたらすのはもっぱらヘクサメロンの工作員によるものだということは明らかではなかろうか」

「そしてその脅威はナックの故郷惑星であるナンサルからきているにちがいない」ローダンはつけくわえる。

「その考えはそれほどまちがっていないかもしれない」ギル・ゴルは慎重にいう。「わたしは明言できない。われわれはメッセージを分析し、それからプロジェクト機構は協議のため引きこもるだろう」

「言葉ばかりついやしてもなんにもならない」と、ローダンはいう。「きみたちは、そろそろ自分自身でイニシアティヴをとり、すみやかに行動しなければならない」

「そのつもりだ」と、ギル・ゴル。「わたしはそうするよう尽力する。強力な部隊をナンサルに派遣する。そしてハン＝シュイ＝クォンがそこに腰をすえていれば、そのときは、われわれ、こんどこそかれらをたたきのめす」

ローダンは、プロジェクト機構の保安部隊がすでに一度ナンサルで大規模な手入れをおこなったことを苦々しく思いだす。この措置の唯一の成果は、ハン＝シュイ＝クォンが存在しないと明らかになったことだ。ハウリ人の秘密組織をあばくには、未遂に終わったギル・ゴルの暗殺計画とミ・アウワの自己犠牲が必要だった。

そしていま、知識権限の中枢の警告まで受けた未知の脅威に直面して、プロジェクト機構はさしあたり長談義に引きこもろうとしている。

「きみは、わたしがきみたちの話し合いの結果を待ったりしないと理解しているはずだ」と、ローダンはいう。「その前にナンサルへ飛ぶ。わたしは個人的に関心を持っているし、手遅れになるのを待つつもりはない」

「わたしにはそれをとめることはできない」と、ギル・ゴルはいい、両腕をひろげた。おそらく、自分には個人的な自由裁量権などないということを表現するためだろう。

しかし、かれがそのことを言葉で表現しないうちに、背後からよく響く声が聞こえてきた。

「わたしも話し合いには参加せず、ただちに故郷惑星に行く」話し手は、プロジェクト機構での種族の代表であるナックのダルフロルだった。かれは音をたてずにかれらのほうに浮遊してきた。そしてメカ性視覚レンズをローダンに向けると、つけくわえる。

「きみを同行者にできることを幸運だと思っている、ペリー・ローダン」

5

習慣に反して、今回ローダンは《レダ》で飛ばない。ナンサルへの短い旅を、トリマラン《トガン》でいっしょに行こうというダルフロルの招待にしたがった。しかし、純粋な礼儀からではない。

ナックといっしょにいれば、この種族のことをすこしでも多く知ることができるだろうと思ったのだが、ひょっとしたら、期待しすぎたかもしれない。ダルフロルは協力的だが、かれもすべてのナック同様、精神のなかでべつの世界に生きている存在だ。かれをサイボーグ化している技術的人工補助器具だけが、かれとの交際を可能にしている。

ローダンが《トガン》に乗りこみ、《レダ》だけでナンサルへ飛ばせた主たる理由は、ほかにもあった。

かれはドリフェル・カプセルに最新の知識をあたえ、第一惑星の衛星をより正確に調べるよう指示した。これまで《レダ》は、もっぱら遠距離探知結果を提供してきたが、衛星アナンサルをより正確に調べる必要性が生じたのだ。ローダンが乗船していなければ、ドリフェル・カプセルに注意を向けられることはほとんどない。

「ブラックホールがあなたを魅了してしまったのでしょう」と、《レダ》はいう。「当然のことだと思いますよ。なぜなら、アナンサルからすべての神秘化の衣を脱がせたとしても……」

ローダンはドリフェル・カプセルに発言を禁じた。それは美辞麗句の多い表現のせいだけではない。かれはとりわけ、《レダ》の思弁をしょいこみたくなかったのだ。

まず第一にベオドゥを見つけ、もし囚《とら》われの身になっているのであれば解放したい。そして状況証拠はまさにそれを示唆《しさ》している。ローダンはいまなおアッタヴェンノクのことを非常に心配していた。

知識権限の中枢からのメッセージによれば、ナックと密接に結びついているにちがいないチャリフ星系の脅威は、たしかに死活にかかわるきわめて重要なことがらである。しかし目下の状況で、ローダンはこの脅威を防ぐためになにもできない。それはシュオ＝ゴン＝ウェンの、そしてもちろんナックの問題だ。

それゆえ、かれにとってはベオドゥの運命が優先する。

ローダンは、ふたつのことが関連している可能性を排除していない。大きな問題の手がかりをつかんだがゆえにベオドゥは、ナンサルに行ったのではなかろうか。しかし、それよりも、かれがおびきよせられ、ナックの惑星に誘いこまれた可能性のほうが高い。

とはいえ、ローダンはたしかな証拠にもとづいてではなく、純粋に感情的にこのような考えにいたったのだった。

ローダンはある意味、危険に対する勘を持っている。そしてこの複合体全体がうさんくさい。

チャリフ星系の第二惑星から第一惑星への短い飛行は平穏に経過した。名無しもみずから希望していっしょにきた。ダルフロルは知識権限の中枢の媒体となったかれをあっさりと受け入れた。

しかし、伝説の収集家からあらたな情報を期待したのであれば、期待はずれだった。名無しはなにもいわずに考えこんでいる。

「きみはわれわれをまったく非現実的で、それゆえ役にたたない種族とみなしているにちがいない、ペリー・ローダン」ダルフロルはその間に話をしようとする。「だが、メエコラー・プロジェクトはわれわれの助けなしには実施できなかったろう。われわれナックなしに、《ナルガ・プウル》もべつの宇宙への道を発見できなかっただろう。われわれはプシ感覚があるから、かけがえがない存在なのだ。そのため生のまっただなかにいる。われわれは、カンサハリヤの寄生生物などではない」

「しかし、きみたちは搾取されていると思っている」と、ローダンはいう。

「われわれがそう考えていると？」ダルフロルはいい、機械的な声をいぶかしげに響かせた。「それはわたしには新しい解釈だ。いままでわたしは、自分たちが二十二同盟の対等なメンバーとして感じているものと思っていた。それ以上でも、それ以下でもなく」

「わたしはジャリプで資料を見たが、すこし違う印象を受けた」と、ローダンはいう。「ヴィデオはプルエルという名前のナックに関するもので、かれは、ナックという種族が悪用され、搾取されているという考えだ」

「そういうことか、きみはプルエルからわれわれに関する知識を仕入れて考えを形成させたのだな」ダルフロルがおもしろそうにいう。

「なぜ、きみはプルエルを知っているんだ？」

「もちろん、ナックならだれでもかれのことを知っている」ダルフロルはまだおもしろがっている。「しかし、かれはむしろきみの友、名無しのテーマだろう。プルエルは伝説上のナックで、そういおうと思えば、多くのナックにとっての偶像だ。きみは生きている生物だと思ったのか？　だとすれば、だれかがきみを愚弄したのだ」

「しかし、ヴィデオは……」

「たんなる……見せかけだ」と、ダルフロルがきっぱりという。「いっておくが、そのヴィデオはわれわれ種族の精神のありようを教えるものではない。わたしはそれを知っている。だから、判断をくだすことができる。ナンサルでの生活は伝説が伝えようとしていているものとはまったく違っている」

「では、ナックの墓場はあるのか？」

「ああ。しかし、伝説のなかでだけだ」ダルフロルはちょっとためらってからいう。「昔、何千年も前の昔、伝説のなかで描かれているようなものがあったかもしれない。しかし、今日《こんにち》、われわれの一生は、誕生から死までテクノロジーによって制御されている。ナンサルでは八億のナックが暮らしている。そして、先祖の墓で生まれた者はだれもいない。われわれの助けになり保母を演じる三十万のロボットがいる。もはや野外の狩猟区で育ち、岩石砂漠の危険にさらされているナックはいない」

「例外はあるか？」ローダンはたずねる。

「例外はない」と、ダルフロルは答える。「きみはそれを自分の目で見て納得することができる」

　ローダンは信じられなかった。死んだナックのからだからちいさな虫がはいだし、ロボットによって集められ、イニシエーションの場所に運ばれ、保護される場面はあまりにリアルで、ローダンにはこれらの場面が動画化だとかんたんに信じられない。もし、あれがトリックだったのなら、かれの老練な目が見抜いたはずだ。

　したがってそのようなイニシエーションの場所があるはずだし、自然のなかで生まれたナックがいるはずだ。ダルフロルは嘘をついているのか？　あるいは、かれ自身、それをよく知らないのか？

「そしてわたしは、友ベオドゥがこのプルエルによってナンサルに誘拐されたと思っていた」と、ローダンはいう。

「だれがアッタヴェンノクをわれわれの惑星に連れてきたのかを調べるつもりだ」ダルフロルが答える。「そしてその者を見つけるつもりだ」

これで会話は終わった。そしてローダンは考えるための充分な材料を持った。

ダルフロルはもう一度かれに話しかけてきた。それは、ナックの都市の郊外に着陸する数分前の着陸態勢に入ったときのことだった。

「きみの宇宙カプセルは行方がわからなくなったようだ、ペリー・ローダン」と、ダルフロルがいう。「いずれにせよ軌道に乗っていない。われわれ、探知することもできない」

「心配はいらない」ローダンは無造作にいう。「《レダ》に、当分のあいだ必要ないといった。おそらく星系を視察でもしているのだろう」

「きみが話しているのは、宇宙船のことであって、生物のことではないと認識しているのだろうか？」

「《レダ》が本当はどちらなのか、わたしにはまったくわからない」と、ローダンは答える。「往々にして、わたしの宇宙カプセルは非常にわがままになることがある」

「《レダ》がきみのところに帰ってくることを願うばかりだ。そしてそのあいだ、きみになんのトラブルももたらすことがないことを」

ローダンはナックにそれ以上訊くことができなかった。なぜなら、腹足の土台にとりつけられた反重力装置で、もう遠ざかっていたから。

ローダンは、《レダ》を失ってしまうかもしれないという心配はしていなかった。そうしようと思えばいつでも、ネット・コンビネーションのピココンピュータでコンタクトをとることができる。ただ、ダルフロルが最後の言葉を一種の脅しとしていったのかどうか、と自問した。

＊

着陸直後、重大な結果をもたらす出来ごとが起きた。しかし、最初、その真の影響はだれにも見積もることができなかった。

《トガン》はブンカーのような不恰好な建物の隣りに着陸したが、ローダンは外に出ていなかったので、その本当の大きさを見ることができなかった。

密閉式タラップが伸びてきて、トリマランのエアロックに接続された。ロボット二体がローダンと名無しを出口に案内したため、ダルフロルは明らかにまだ船内にとどまっていた。

タラップを歩いているときにようやく、ローダンは横窓から外を見ることができた。しかし、半分はブンカーのような宇宙港ビルに視野をさえぎられていたので、多くは見ることはできなかった。のこりの半分には着陸場が延びていて、そこには大小さまざまなトリマランや周知のジュアタフ・ロボットのウイングシップもならんでいた。地平線にはカルスト状の丘の連なりが、赤錆《さび》色の空にそびえていた。ローダンはそれを鉄の空と呼んだ。

　惑星表面にまだ一歩も足を踏み入れていないことは、かれにとってはたいしたことではない。未知惑星着陸後、まずその〝大地〟に触れることができなければ凶兆と見る宙航士が故郷にはいるが、それは迷信というもの。

　ローダンはナンサルに関するデータを知っている。空気は呼吸できるが、酸素含有量がやや低い。ナンサルは暑く乾燥した惑星で、水でおおわれているのは表面の三分の一だけだ。植物相はそれほど豊かではなく、主として曲がりくねった、五メートルをこえることのない植物で構成されている。

　ナンサルはテラよりずっと密度が高く、直径が九千三百六十六キロメートルとテラよりちいさいにもかかわらず、重力は一・二四Gあった。そのことを、ローダンはピココンピュータに注意喚起されていたものの、ネット・コンビネーションのマイクロ重力発生装置を作動させる理由にはならない。

「われわれ、別行動してはいけない」突然、名無しがいった。かれが言葉を発したのは、スタート以来はじめてだった。「ナックは入国したすべての異生物を最初隔離すると聞いたことがある。われわれ、それを受け入れてはいけない」

タラップのつきあたりのターミナルビルのなかは、透明扉によって幾重にも区分されていたので、ローダンは鏡の間のような印象を持った。

ナックたちがせわしなく動きまわっていた。そのあいだを、ローダンもよく知っているナックの〝保母〟であるロボットのジュアタフが走りまわっていた。

ここまで案内した二体のロボットが無言でかれらを左に押しやった。そこには周囲がガラス張りの待合室があった。

名無しにまだ返答していないことを思いだし、ローダンは、

「ダルフロルがわれわれのために例外許可を手に入れるだろう」と、いった。

突然背後で、ハンマーで壁をたたいたような音が鳴り響き、かれは身をすくめた。振り向くと、透明壁の向こうにロボットが見えた。そのからだは、圧力板を入れ子にして連結しただけのように見える。

そしてそのロボットが六本の腕で壁をたたいていた。

ローダンがロボットのほうを向くと、ジュアタフはローダンに聞きおぼえのある鈍い音を発した。二度めで、なんといっているかローダンは理解した。

「イマーゴ！　イマーゴ！」透明扉をとおしてくぐもった音が聞こえてくる。

ローダンは自動的に武器を握った。ジュアタフ・ロボットには以前ひどいめに遭っている。というのもローダンのなかにイマーゴを認識するよう設定されたそのロボットは、ハウリ人によってローダンを殺すようにプログラミングされていたのだ。

突然、ジュアタフ・ロボットの頭からグリーンの光線が発射され、円を描いてから扉のまるい部分が落ちた。こうして生じた開口部からジュアタフが六本の腕を使ってよじ登り、脚のかわりのエンジンをそなえた台座を引っ張る。

ローダンはコンビ銃を決心がつかないままに手に持ち、名無しはかれの背後に身をかくした。

「イマーゴを感じる」ジュアタフ・ロボットは立ちあがり、エンジン台座の上に静止すると、すべての攻撃性を捨てさり、おだやかに、

「わたしはメッセージを受けとりました。しかし、あなたのオーラを感じたいまようやく、イマーゴを身をもって知るとはどういうことなのかがわかります。わたしは……わたしは圧倒されています」

今回はチャリフ星系ではじめて自称イマーゴ中毒のジュアタフ・ロボットと出会ったときとは違うことにローダンは気づいた。このロボットはまったくプログラミングされておらず、みずからの確信を語っている。自分がいままさに感じていることをいってい

るのだ。

ローダンは、直感的にたずねる。

「おまえは、おまえのイマーゴに、エスタルトゥに関してなにかいえることはあるか？」

ジュアタフは答える。

「われわれはたくさんいるが、それでも孤独です」

その瞬間、ダルフロルが一団のナックとともにタラップから飛びだしてきた。明らかにかれらの同行ロボットから急報を受けたようだ。

かれらはうっとりして立っているロボットめがけて走りより、数分間とり囲こむ。それらが相手にするのをやめたときには、そのジュアタフ・ロボットはもはや動かなくなっていた。しかし、機能を停止していても、そのジュアタフはいきいきしているというまぎれもない感覚をローダンは持った。ジュアタフのなかでなにか不可視なものが生きつづけているように感じたのだ……ジュアタフ・ロボットのヨルダンも同じようにいきいきとしていた。すくなくともローダンの目の前でベングエルとともに命をうしなうまでは。そのあとは、まったくふつうのロボットにもどってしまったが。

ダルフロルの人工音声は、はるか遠くから聞こえてくるように響いた。

「……われわれはかれを徹底的に調べ、どのようにプログラミングしなおされたのかを見つけだすつもりだ。われわれが知りたいことすべてを引きだすまでは、かれを活動できない状態のままにしておく」

これで事件はかたづいたように思われた。

しかし、まだ後奏曲があった。

名無しとペリー・ローダンはダルフロルによって宇宙港ビルの仮宿舎に連れていかれた。病室のように無菌で、集中治療室の技術的設備をそなえていた。しかし、ダルフロルはここは隔離ステーションではないと断言し、かれらをできるだけ早くここから連れ去ると約束した。

しかし、二名を迎えにかれがふたたびあらわれるまでに、なお数時間かかった。

かれは新しい情報を持ってきた。

「ロボットが逃げた！」と、かれは告げた。かれがイマーゴ中毒のことをいっているのは疑問の余地はなかった。かれはつづける。「信じられない。かれは活動できない状態にしてあった。それにもかかわらず、なんらかの方法でほかのまちがってプログラミングされたロボットたちとコンタクトをとったにちがいない。かなりの数の一団が検査ステーションに突進し、かれを解放し、それから、信じられないことが起きた。かれらは一宇宙船で逃げた！」

ローダンはうなずいただけだった。

「それがなにを意味するか、きみはわたしに説明できるか？」と、ナックがたずねる。

「わたしは恐れている」と、ローダンはいう。「かれらがアンクラム星系に飛び、そこで待っているベングエルとジュアタフに、どこへ行けばイマーゴに会うことができるのかを教えるのではないかと」

「それは恐ろしいことだ！」ダルフロルはうまく調節された声でいった。とはいえ、イマーゴ中毒のジュアタフ・ロボットほどには感情がこめられてはいなかった。かれはほとんど憎々しげにつけくわえた。「きみをハンガイ銀河から追い出したほうが賢明かもしれない」

ローダンはそういうかれに同情しそうになった。

しかし、ナックはそこまで気にすることもなかったのか、すぐに話題を変えた。

「われわれ、きみのアッタヴェンノクの友のシュプールを見つけ、それを追っているところだ」と、淡々という。「ベオドゥはクレンナルという名前の人物とナンサルにきたようだ。クレンナルはわたしの同胞ではあるが、ナックと呼ぶのは、わたしにはむずかしい。かれはアウトサイダーであり、社会に適合しようとしないセクトの集団に属している」

「ハン＝シュイ＝クォンとのつながりはないのか？」と、ローダン。

ダルフロルは答えない。その沈黙は、ローダンが核心をついたということを示唆していた。

ナックはなにかをかくしている。おそらく、かれの種族のだれかがハウリ人やヘクサメロンとかかわりがあることを認めたくないのだろう。

しかし、カンサハリヤの種族のなかで〝最後の六日間〟の哲学にもっとも抵抗力がないのはナックだ、とローダンは思う。認めなければならないが、偏見がないわけではない。

しかし、かれは自分の考えにとどまる。ダルフロルが、かれの考えを強固にするだろうなにかを知っていると思っていた。だからこそ、ナックはむしろ沈黙を好んだのだ。

「われわれ、そのセクト集団に対処するだろう」ダルフロルは請けあった。「寛容の時代は終わった。いやな思いをさせられる調査がおこなわれるだろう」

6

洞窟は、アッタヴェンノクあるいはナックが天井に頭をぶつけないで直立して歩いたり、滑走したりするのに充分な高さがある。しかし、ナックは触角を引っこめなければならないし、アッタヴェンノクは視覚翼を垂らさなければならない。そして、もちろんベオドゥは跳んではいけない。

天井はたいらでごくわずかに段状になったひとつのスレート板でできていた。傾斜しているので、それに沿って漏れ水が流れ、洞窟の端にある水槽に集まる。そこでベオドゥは喉の渇きを癒《いや》すことができたし、水浴びもできた。その水槽は完全に干あがることもあれば、あふれることもある。ベオドゥはそれをあるがままに受け入れた。

さいわいアッタヴェンノクであるかれは夜行生物だったので、完全な闇もなんら問題なかった。ナックは機械的な視力補助器具を介して暗闇のなかでも見ることができた。ときどきかれらは視覚マスクをはずした。それはかんたんにできるようだ。しかし、盲目になってもかれらは気にしない。かれらはプシ感覚でほかの領域に進むことができたからだ。

そしてこれらのナックは、ベオドゥもそのような感覚を持っていると考えていた。それはかれが夢を見ることができるからだ。

しかし、ベオドゥはもう長く夢を見ていなかった。だから、かれは同じ夢を部分的に変えてくりかえし語った。そのつど尾ひれをつけねばならなかった。それをナックは気にしなかった。それどころか、かれのつくり話はかれらを魅了した。

「ベオドゥ、われわれに物語ってくれないか、どうなるのかを、もし……」と、かれらは要求する。

そして、かれが〝苦痛に満ちた幸福と刺激する痛み〟について語ると、かれらは興奮した。そして、かれが、かれの夢のなかで死に、それから〝無をとおって〟さまよう〝ちいさな死〟について語ると、かれらはひどく興奮した。

「かれは短い六日間をまざまざと描いているのでは、違うか？」クレンナル、かれをこんな状況にひきこんだ底意のあるナックは賞讃するようにいう。

「しかし、かれは永遠のかけらにはまったく立ち入っていない」と、アルジュングはいう。「かれはすべてをわれわれの想像力にまかせている」

ベオドゥはこのようなコメントをとりあげ、ナックを満足させるためにかれの夢の描写のなかにとり入れた。

同時にそのようなヒントを集め、ならべ、やがて、徐々に認識できるイメージが結晶化する。このようにしてベオドゥは、いかなる熱狂者がかれの術中におちいったのかを理解しはじめた。

「われわれ、かれを先祖の場所に連れていこう」ナリヌンが提案した。「そこでかれのヴィジョンは強められると確信する」

「これらの場所は〝神聖《ラクノル》〟だ」と、バラランがいう。「いかなる異人も墓場や、儀式の場所、イニシエーションの場所に足を踏み入れることは許されない」

「しかし、ベオドゥはわれわれの夢想家だ」クレンナルは反論する。「かれは永遠のかけらのエネルギーを自分のなかに持っている」

〝永遠のかけら〟とナックがいうとき、これらのナックは、強力なハイパーエネルギー性衛星アナンサルのことをいっている。ベオドゥが徐々に探りだしてわかったことだが、どうやらアナンサルはプシオン・エネルギーを放射しているようだ。

そしてナックは、永遠のかけらがますます強力に、そして非常に優勢になり、真の教えを吸収するために、まもなく永遠なる穴へと旅立つにちがいないと夢中になって話す。

〝永遠なる穴〟が正確にはなんであるのか、ベオドゥは最初まるでわからなかった。しかし、それは大きな〝永遠のかけら〟のようななにかであるにちがいない……はるかにずっしりしたブラックホール。

一ジュアタフ・ロボットが訪れたとき、ベオドゥは、友ペリー・ローダンの使者かもしれないという希望をいだいた。しかし、ロボットが話すのを聞いて、ベオドゥは、それが本当はジュアタフではなく、ロボットのなかにかくれた、なにかの生物……ひょっとしたらこのセクトの指導的人物……にすぎないとわかった。

「きみはわれわれにとって貴重な仕事をしてくれている、夢想家よ」未知者はロボットの発話システムを使っていった。「だれも、きみ以上にわれわれの哲学をひろめることはできないだろう。そしてきみはそれを自発的にやっている。この哲学の信奉者でもないのに。わたしは、われわれがきみを条件づけることをしなかったことをよろこんでいる。クレンナルはきみとともに幸運をもたらした。それどころか、きみはすばらしいおとりでもある……」

ついにベオドゥは、もう夢はないと正直に告白した。かれは自由になることを望んだが、逆に、ナックの聖なる場所を訪れることさえ許されたのだ。

かれはナックの墓場へ連れていかれた。そしてすべては、クレンナルがジャリプのタンジ＝ティムブのスイートで見せたヴィデオの内容と同じだった。

孵化したばかりのナックが親ナックの死んだからだの外皮から這いだし、ロボットによって捕らえられ、高原に運びあげられ、衛星アナンサルのプシオン放射にさらされるのを自分の目で見た。

そして、背の高い痩せた人物がロボットのおおいを脱ぎさるのを見た……それはハウリ人だった。

ハウリ人の影とシルエットをヴィデオのなかで見たのと同じだった。それが最終的に、クレンナルを追ってナンサルに行くことにつながった。かれ、ベオドゥは、ここでハン＝シュイ＝クォンに関して調査し、それをペリーに教えることができると考えていた。

それがいまハウリ人の秘密組織の支配下にある。

かれには自由になるチャンスがない。なぜならかれは事情通になっているから。すこしずつ情報を集め、かれはいまやハウリ人の計画を知っていた。その理由から、かれを必要としていることをべつにしても、放免するわけにはいかなくなった。

かれはナックの預言者になった。

「きみの夢をわれわれに語ってくれ！」アルジュングはもとめる。

「きみの夢がどういっているのかを教えてくれないか、かけらが棍棒になるとき、そしてわれわれ全員が永遠に昇るとき、なにが起こるかを」と、ナリヌンはたのむ。

「ちいさな死に関するきみの印象をわれわれに教えてくれないか！」バラランはもとめる。

ベオドゥはかれの想像力のままに、いきいきとどんどん物語った。しかし、そうしているうちに、かれは、自分の空想が現実に近づいていることを、そして語ったすべてが、自分がペリーの《レダ》に語ったひとつの夢のつづきにすぎないことを認識した。

まるでいま、目を開けて、〝正夢〟を見つづけているかのようだった。

ベオドゥは、ペリー・ローダンがかれの夢に耳をかたむけ、そこから正しい結論を導きだすことを願うばかりだった。

しかし、かれのワキアンはかれの夢を信じていない。

この苦い認識のために、チャリフ星系がまだ助かるかもしれないというベオドゥの望みはしぼんでいく。

7

「われわれナックの誕生と育成をヴィデオで知ったところで、きみはせいぜい伝説収集に使うくらいだ、名無し」と、ダルフロルはいう。「現在どのようにおこなわれているのかを見せようと思う」

「きみは伝説とおとぎ話を混同している」名無しは憤慨する。「だから、誤りを正さなければならない、ゴン＝ウェン・ダルフロル。どんな伝説にもいささかの事実があって、わたしはそれをとりだし、過去の根源まで追いかける。あるいは、きみは神秘に満ちたナックの墓場の伝説は純粋なおとぎ話だとでも主張するつもりなのか？」

「きみがそれに関して知ったことはまったくの虚構だ」ダルフロルは答える。「遠い昔には、儀式の場所もふくめて、そのような墓場や誕生の地があったかもしれないが、現在では異なっている」

適切な宿舎を手配すると断言したにもかかわらず、ダルフロルはかれらを隔離ステーションに置き去りにした。

二体のロボットをともなってもどってきたのは、ふたりをちょっとした遠出に連れていくためだった。グライダーでナッカランという名の都市の中心へ飛んだ。ナンサルにそのような都市は何千もあったが、本当の大都会はない。

ナンサルでの生活は、高度に技術化されたこれら小都市に集中していた。ナックがこの世界で生きていくには、こういうハイテクにたよらざるをえなかった。だからこそ、ここにはこのような文明の集中した場所しかないのだ。都市の境界外にはだれも住んでいない荒地とロボットによって動かされているわずかな工業中心地しかなかった。少しばかりの農場も同様にロボットが世話していた。ナックはほとんど農産物を必要としない。かれらは、都市の町並みを支配する生化学的な食糧工場の製品で生活していた。

ダルフロルがこのような状況を短いグライダーでの飛行中に語ったとき、ローダンは、ナックは技術と生合成によって規定された生活に本当に満足できているのかという問いが口先まででかかる。しかし、ダルフロルが誠実に答えるとは思えなかったので、質問しなかった。

ナッカランの中心にあるブンカーの、飾り気のないたいらな屋根の上に着陸した。そこには、同じような不恰好な建物がならんでいた。

かれらは無言のまま垂直リフトで地上階までおりる。ダルフロルは、これは反重力リフトではないとあらかじめ指摘した。なぜなら、かれらの機械的なからだの土台には反重力装置が組みこまれていたから。

ローダンと名無しにとっても、それは問題ではない。なぜなら、両者とも独自のマイクロ重力発生装置を持っていたからだ。

地上階に着くと、個体バリアのスイッチを入れるか、プランタ人も着用できるようにおおきくカットされた不恰好な防護服を使うようにと、ダルフロルがたのんだ。

「いや、けっこうだ」ローダンは断り、防御バリアのスイッチを入れた。

「ここは絶対的無菌状態でなければならないことを理解してもらいたいのだ」ダルフロルは弁解するようにいう。「結局のところ、ここは、われわれ種族の存続が保証される産院なのだ」

ローダンがつづいて見たものはむしろ出産工場のようだったが、コメントはしない。すべてがベルトコンベヤーのパターンにしたがって流れていた。

まず、出産間近のナックが、専門知識を持つジュアタフ・ロボットよって、感覚器官をそなえたヘルメットをのぞいて機械的な人工補助装具をすべてとり去られることからはじまる。

ジュアタフ・ロボットは支持骨格をとりはずし、六対の腕から把握補助器具をとりさる。そして、プラストメタルのカバーを奪われていっきに不恰好に膨《ふく》らんだナックを担《たん》架《か》に乗せる。ナックは誘導光線に導かれて、治療を施す次の部門へと運ばれる。

それから分娩室に運ばれる。ここでもジュアタフ・ロボットが、出産を待つナックの世話をする。

「ここで最初の嘘があばかれる」ダルフロルはいう。「今日、ナックは苦痛のない出産をしている。もはや親は子孫のために自分の命を捧げる必要はない。暗い洞窟に這いこんで出産で死ぬ時代は、何千年も前に過ぎ去った。プルエルの伝説は、それがなんであるかが暴露されている……純粋なおとぎ話だ、と」

ローダンは表面的に概観したにすぎない。ジュアタフ・ロボットが、どのようにレーザーを使ってちいさな虫を牢獄から解放するか、それから切り口を再生するためにバイオプラスティックテープでどのように封印するかといった詳細を見る必要はなかった。そしてかれは、ジュアタフ・ロボットを肉屋と比較する気も起きなかった。なぜなら、ジュアタフ・ロボットの技術的支援のない出産の自然な分娩プロセスなどありえないことを認めざるをえないからだ。むしろ、かれらが試験管ではなく自然分娩のほうを選んでいることでナックを大目に見るしかない。

「わたしが、分娩後の生活が可能だという生きた証拠だ」ダルフロルは自慢するふうでもなくいった。「わたしには、すでに成熟し大人になっているふたりの子供がいる……」

かれはなぜだか黙りこんだ。まるで子供のことを考えるのがつらい記憶でもあるかのように。

「しかも、わたしは精神的に、以前よりも活発で、生気にあふれている」かれは、ちいさな間を埋めるために、つけくわえた。「わたしは分娩〝後〟にようやくプロジェクト機構のメンバーになった」

なぜダルフロルはわれわれをここに連れてきたのだろうかと、ローダンはその理由を自問する。事実をありのままに教えさえすれば充分だったのではないか。ひょっとしたらこの出産方法は、ダルフロルがいうほど自明なものではないのかもしれない。

「自然は新しい実情に適応しさえした」ダルフロルはつけくわえる。「遠い昔には親は一ダース以上のちいさな虫を産んでいた。しかし、当時、新生児の十分の二しか生きのびられなかった。今日では、親はせいぜいふたりしか子供を産まない。だが、そのために生きのびられるのだ。わたしはきみたちに問おう。それなのに、どうしてわれわれは暗くて不衛生な洞窟に這いりこむことを望まねばならないというのか？　それはプルエルのおとぎ話だ！」

なぜ、本来ふつうであるはずのことに、こんなにまで意見表明をするのだろうか？

その理由は、ダルフロル自身がなんらかの疑念を持っているからとしか考えられない。

「では、なぜプルエルの伝説はいまなお生きのびているのか？」と、ローダンはたずねる。

「きみの種族には、いわゆる古きよき時代を惜しむ者はいないのだろうか？」ダルフロルが訊き返す。「現在がいかにすばらしく栄光に満ちたものであっても、古い時代はいつもいまよりよりよい時代として描かれる」

「それは、わたしもわからないことではない」ローダンは同意する。「それゆえ、原点にもどろうとするナックも存在するのだろう。そうすれば、みずからの考えにしたがって生き、プルエルの理想を模倣することも可能になるのだから。かれらはナックの墓場とイニシエーションの場所をつくることもできたはずだ……きみ自身、セクトのものたちについて話した。これらの者たちには、どんな意義があるのだろうか？」

「それについては話したくない」ダルフロルはかわすようにいう。「いまはまだ、このことを受け入れてもらいたいとしか」

「そうするしかないだろう」と、ローダンはいう。

しかし、そのあといろいろ見せられているあいだも集中できなかった。ダルフロルから知ったことすべては、なんらかの不都合から気をそらそうとする意図があってのことではなかろうか。

ダルフロルは明らかに逆の結果を招いてしまった。ローダンにさらに好奇心をいだかせただけではなく、むしろかれの好奇心は目ざめさせられたのだ。アウトサイダーのクレンナルはどのようなセクトなのだろうか？

*

ダルフロルはかれらを中央観察ルームに案内した。明らかに、出産をライヴで見せたいのだ。そしていまや、全体的な概観をあたえようとしている。

若いナックが収容されるいろいろな部門からの映像を中継して見せた。アーカイヴの資料を見せたり、若いナックが永遠のかけらに接触するために置かれる宇宙ステーションからの衛星中継も見せた。それは、かれらがブラックホールの放射に、惑星表面ではありえないほど強烈に、さらされているということだ。

さらにダルフロルは、ナックの成熟過程を描くのに物語形式さえもちいた。

以前、ローダンはなんの底意もなくたずねたことがあった。

「きみの子供たちはどうなったんだ？　それとも、ナックの親は自分の子供のことを気にかけないのだろうか？」

ダルフロルは答えた。

「OとCを例にして、ナックの人生行路をしめそう。わたしはわたしの子供たちを簡略にそう呼ぶことにしている」

OとCの運命はまずはあらかじめ定められた経過をたどった。

かれらは、すべての若いナック同様、十ナンサル年、ジュアタフ・ロボットによって医学的なケアを受けた。この期間のはじめ、かれらは二重の意味で盲目だった。かれらのプシオン感覚は、ほかの領域の知覚においてまだ充分にははっきりとしておらず、技術的補助器具なしに現実を見ることができない。

五歳になってようやく、視覚、聴覚、言語、移動の人工補助器具を得る。ジュアタフはかれらに学校の知識を教え、空を遊覧したり短いハイキングをしながら、きびしい安全対策のもと、かれらの故郷惑星を見せた。

五歳からナックはもはやアナンサルのプシオン放射から完全には保護されていないので、かれらの潜在する感覚が活動しはじめ、かれらはハイパー空間をはじめて認識する。

Oは両方にうまく対処した。かれはカンサハリヤのほかの種族と同じように、現実を見ることができた。同様に、かれの精神的触角を上位の領域にのばすのが好きだった。

それに対してCは、機械的な人工補助器具がしめす世界に不快を感じるいっぽうで、プシオン性印象を享受した。ジュアタフ・ロボットは、かれがいつの日か並みはずれたプシ能力者になるだろうと判定した。

教育の十年後……

ローダンが《レダ》から教わったことだが、一ナンサル年は百六十二・三九標準日で、ナンサルと衛星アナンサルは九・六二日で共通の重心のまわりを回転している。衛星アナンサル、このブラックホールの事象の地平線は半径わずか一・五ミリメートルしかないが、地球の質量の六分の一ある。いい換えれば、千垓トン物質である。アナンサルはブラックホールであり、巨大な質量にもかかわらず、そのちっぽけな寸法ゆえに、永遠のかけらにすぎない。

〈そしてそのかけらが棍棒にならないこと!〉

ローダンは、思考を逸脱しないように、そしてダルフロルから見聞したことに集中できるよう、むりやり自制しなければならなかった。

……十年後、かつてのように生後すぐではなく、自力でイニシエーションの場所に到着できるようになると、若いナックはジュアタフ・ロボットの監督下で宇宙ステーションに連れていかれ、ブラックホールのプシオン放射にさらされる。

OとCは平等な機会をあたえられた多数のなかの二名にすぎない。しかし、散発的なプシオン放射のもとで、さまざまな才能がすこしずつはっきりしてきた。つまり、すべてのナックが、パラ感覚を同じように発展させたわけではないということ。

感覚でブラックホールの奥深くまで入りこみ、高次元の構造を細部まで、また全体としてとらえることのできる者たちがいる。Cはそういう者だった。かれはこれに関して天才だった。

しかし、Cをはじめとするマルチタレントは、その才能を、かれらの印象を技術的装置をもちいて現実に使える価値に変換することができなかった。

かれらは最高度に〝黒が見える〟と評されたが、〝現実が見えない〟とも呼ばれた。いっぽう０のように、そのようなプシ能力者ではないほかの者たちは、ほどほどのテスト結果しかもたらさなかったが、かれらは置き換えの方法の名人だった。かれらは、かれらのプシ感覚で上位の領域に行くことができ、同時に、その経験をリアルシミュレーターにうつすことができた。

すべての分野で失敗したナックもいた。かれらは短い一連のテストののち、すぐに母惑星に連れもどされ、短い訓練プロセスをへて、日常生活に順応した。これらの完全なプシ・リアル聾者は、高いポストについたり、重要な任務をまかされるチャンスをけっして持たない。

しかし、適応力のあるナック、たとえばダルフロルの０のようなものは優遇された。かれらはハイパー物理学者、宙航士、メエコラー・プロジェクトのためのプシ専門家、そしてプロジェクト組織のメンバー、ゴン＝ウェンとなる素材だった。

この目的のため、最終的な技術的補助装備である音声視覚ヘルメットと独自のエンジンを持つ外骨格が装着された直後に、０は同年齢のほかの模範生といっしょに〝永遠なる穴〟に連れていかれた。

そこ、このプシオン・エネルギーの巨人、考えられる最強のプシ源のそばで、最後の仕あげを受けた。ここでかれらは才能を立証することができた。なぜなら〝永遠なる穴〟は、プシオン性五次元領域において、アナンサルのようなたんなるかけらではなく、ほぼ無限だったからだ。〝永遠なる穴〟は真の試金石なのだ。

Cのような目かくしされた才能にチャンスをあたえるため、かれらのなかで最良の者たちも同様にこの訓練に連れていかれ、〝永遠なる穴〟に置かれた。しかし、ほとんどのマルチタレントはこの試練に耐えられず、多くはもどってくることはなく、永遠のなかで行方不明になり、時空のなかに失われた……この犠牲者のなかにダルフロルのCもふくまれていた。かれは何年も〝永遠なる穴〟のなかで行方不明になり、のちのテストグループのひとつがかれを、空間が分かれている中間領域で偶然発見した。Cはその間の記憶がなく、かれにとっては、空間のあいだにとどまっていたのは一瞬のことだった。

Cはナンサルに連れもどされ、精神的に、プシオンに乱された廃人として、ここでかれの生活をなんとかつづけている。

しかし、Oはキャリアを積んだ。かれは最初《ナルガ・プウル》の建設現場にアシスタントとして任命された。それからアンクラム星系に行き、いまは、ハンガイ銀河第四クオーターのプロジェクトステーションの副長だ。

ダルフロルはかれを誇りに思うだろう。オッサマ……Oのフルネーム……は、メエコラー・プロジェクトの成功に重要な貢献をしたのだ。

「Cはどうなった?」ローダンがたずねる。

「それをいうのは恥ずかしい」ダルフロルは答える。「Cは地下にもぐり、セクトにくわわった。かれのフルネームはクレンナルだ」

「クレンナル？」ローダンはくりかえす。そして、なぜダルフロルはこのことを最後までかくしていたのかを理解した。「ベオドゥを誘拐した？」

「わたしはかれを勘当した」と、ダルフロルはいう。「わたしはかれともかれのような手合いともなんのかかわりもない。もう何年ものあいだ」

「だが、きみがセクトのものたちを腫れものにでも触るようにあつかった理由は、きみのCとの血縁関係にもとめられるのかもしれない」と、ローダンはナックのゴン＝ウェンをとがめた。「それは、どんなセクトなのか？」

＊

「この用語は実際のところ誤解を招きやすい、わたしはそれをわたしのためにつくったのだが」と、ダルフロルはいう。「だが、ひょっとしたら、この間に事実に合致してきたかもしれない」短い間をとり、声を変えてつづけた。「わたしはすでにギル・ゴルと連絡をとった。シュオ＝ゴン＝ウェンはナンサルにおいて大規模な行動をする決定をした。わたしは、この行動を全力で支援する。わたしは、地下組織を解散させ、クレンナルのグループの手入れを命令した」

ダルフロルはふたたびおちついた。ローダンはこれまで、さっきのように感情的になったかれを見たことがなかった。そして、ローダンは、時空連続体の現実よりも高次元で生きている、非常に感情的に冷たい生物であるナックが、自分の子供たちとこれほど強いつながりを持つことができるなどとは思ってもいなかった。

そのことにかれは驚き、ダルフロルにより親近感を持った。

「きみは時代錯誤的なものいいをしている」と、ローダンはいう。「それはセクトの問題なのかどうか？」

「それをきみに説明してみよう」と、ダルフロルはいう。

大部分のナックは、自分にはより高い任務の能力がないと認識せざるをえず、自分の運命と折り合いをつけ、さして重要でないものに没入した。しかし、少数の者は権力の責任をわかち合うことが許されなかったことを処理しきれず、追い出され、差別されたと感じたのだ。そして、ナックという種族全体が、カンサハリヤのほかの種族たちから悪用され、搾取されている、と思いこんだ。

かれらは社会に背を向け、かれら自身の夢をかたちにした。あらゆる技術から解放されて、先祖のような自然と結びついた生活を送ることを夢みた。かれらは、伝説のプルエルの弟子だ。しかし、反対の道を行く者たちもいた。技術に全面的に傾倒し、技術を偶像に祭りあげ、痛みをともなう手術によってプシオン器官の摘出手術をする……などなど。

ナンサルの地下組織にはこの両極端のあいだに多くの段階があったが、おもな流れはこのふたつだ。

「これらの組織はこれまでカンサハリヤあるいはプロジェクト機構に対してなんらかのアクションを起こしたことはなかった」ダルフロルは説明した。「それゆえ、われわれはこうした組織を黙認してきた。かれらは道徳的・倫理的原理はべつとして、法律にはなにも違反していない。わたしは自分の生まれやあたえられた能力にしたがわないナックを軽蔑する。そして、わたしは進歩を悪者に仕立てあげることも原則的に受け入れない。しかし、これらのアウトサイダーを力によってしたがわせることには反対だ。それゆえ、セクトという言葉には該当しないと考えていた。しかし、それはある特定のグループにはふさわしくなったのかもしれない。実際にクレンナルがアッタヴェンノクを誘拐したのであれば、ベオドゥが自由意志でいっしょに行ったのでなければ、われわれは、その地下組織を排除するだろう」

「きみはわたしに内容豊かな概観を得させてくれた、ダルフロル。そのことに対して感謝する」と、ローダンはいう。かれにとっては、突然、もはやナックが異人に対してあたえていたような、近づきがたく冷淡な存在だとは思われなくなっていた。「だが、具体的に話してくれないだろうか？　ベオドゥの解放のためなにをしたのか？」

「わたしは、レンナルの組織の手入れをするために部下を送った」ダルフロルは、それが特別な騒ぎを引き起こすことはなく、どうということのない些末《さまつ》なことであるかのようにいった。「ベオドゥがそこに拘留されていたら、きみはかれをすぐにとりもどせる。かれがそこにいなければ、われわれ、セクトのものから、かれがどこにいるのかを聞きだす」

「とてもかんたんなことのようにいっているが」

「かんたんなことなのだ」ダルフロルは断言する。「われわれは秘密結社とかかわったことがない。つまり、われわれは地下組織に対して行動を起こしたことがないので、かれらも秘密裡《り》に行動する必要はなかった。かれらは合法とみなされていて、われわれはつねに地下での出来ごとを把握していた。かれらは革命家でもテロリストでもなく、無害な夢想家なのだ」

「わたしにはわからないが……」ローダンは疑わしげにいう。

「わたしのいうことを信じてくれていい……」と、ダルフロルはいいはじめたが、突然、黙り、それから謝罪するようにいう。「出動部隊からの連絡だ。成功の連絡でしかあり得ない」

ローダンは、ダルフロルがヘルメットで直接受けている会話に入ろうと試みた。しかし、ピココンピュータは通常通信領域に適切な周波数を見つけられなかった。そして、かれがハイパー周波数を調べる前に、ナックはすでに話を終えていた。そのさい、かれは音を発しなかった。なぜなら、かれは技術的補助のおかげで音声言語を使う必要はなく、かれの思考は通信符号に置き換えることができたから。まさにロボットのように。

「わたしが思っていた以上に状況が悪い」ダルフロルは説明する。「クレンナルの一味はわたしの部下に発砲した。ジュアタフ・ロボットの半分が故障し、ナック二名が殺された」

「ベオドゥに関する情報はあるか?」ローダンは知りたがる。

「いまや、アッタヴェンノクの命以上の問題だ」ダルフロルは冷ややかにいう。「まるでエネルギーグモの巣に飛びこんだみたいなありさまだ。どうやらハウリ人も目撃されていたようだ。これはわれわれがハン＝シュイ＝クォンとかかわったことを意味する。できるだけすみやかにギル・ゴルの増援部隊が必要だ」

　予想外の展開に、ローダンは思わず言葉を発した。

「ナックはあらゆる誘惑とヘクサメロンの教えに抵抗力があると、いまも思っているのか?」と、かれは怒ってたずねる。

「かれらは少数の迷子であり、わが種族を代表するものではない」ダルフロルは辛辣《しんらつ》な声で答える。かれはふたたび冷淡なサイボーグにもどった。いずれにせよ、ローダンはかれと議論するつもりはなかった。

「わたしは出動場所に行きたい、ダルフロル」と、ローダンはいう。と同時に、《レダ》に、自分の現在地をしめすビーコンといっしょに緊急呼び出しを送る。「ハン＝シュイ＝クォンのかくれ場はどこなんだ？」

「出動場所はエイラー山脈の北にある」ダルフロルは答える。「山脈のかなりの部分がえぐられ、強化されているという警告がいくつも入っている。どうやら本格的な要塞もあるようだ。増援部隊が必要だ」

「気がつくのが遅かったな」と、ローダンはいう。

《レダ》が連絡してきた。ローダンを特定したので、十分以内にブンカー建築物の屋根の上に着陸すると知らせてきた。

「わたしにはプルエルの伝説はまだ生きているように思われる」久しぶりに名無しが発言した。「かれの死と再生の教えは、ヘクサメロンの死の哲学に合わせるために、さほど変える必要はなかった」

伝説の研究者は間を置き、それから、タンジ＝ティムブでジャリプについて見せられたヴィデオの最後のシークエンスから、プルエルの言葉を朗読した。

「わたしの時がきたら、先祖の地にたどり着くために、わたしは、すべてをささげるつもりだ。わたしはわたしの命を種族の墓場で吐きだし、わたしの死んでいくからだから孵化したわたしの子孫に、われわれの種に定められた自然と結びついたやり方で成長する可能性をあたえる……」

ダルフロルはそれに対してはなにもいわなかった。

8

クレンナルはいう。

「われわれは友だ、ベオドゥ。それだけではない、われわれは兄弟であり、共謀者だ。これまで以上に」

「わたしはきみたちの捕虜だ」ベオドゥは異議を唱える。

「それは誤った見方だ」と、ナックはいう。「わたしがきみをここに連れてきたのは、きみの夢がなければ、わたしや仲間はどうにもならないからだ。きみはきみの予言でわれわれの未来への道をしめしてくれる。きみの正夢が未来を先どりしてくれる。まもなくわれわれの暗闇が終わることをしめしてくれる。それは〝ちいさな〟一時的な死にすぎず、暗闇のなかに光があり、それが更新と再生を告げている、と」

ナックは、ベオドゥを訪ねるたびにそのようなことを話した。ベオドゥは、かれがヘクサメロンの信奉者になっていて、死の哲学を受け入れていることをとっくに知っていた。しかし、かれはなにも知らないふりをした。

クレンナルをあざむき、でっちあげた夢でなだめることはかんたんだった。

しかし、クレンナルは、ベオドゥのまやかしをためすような要請をしてきた。

「われわれは兄弟だ、われわれは精神的にますます近しくなっている、ただ残念なことに、わたしはきみに、せめて永遠のかけらをひと目でも見て、そのなかに凝縮された力を見ることのできる感覚を貸すことはできない。しかし、すくなくともきみには夢があり、それらがきみに、これらの力が短い六の日のゼロ時に解放されたとき、なにが起こるかを予感させてくれるのだ」

ベオドゥは、狂ったクレンナルがこれでなにをいっているかわかったが、その話題をかわし、

「わたしはまた夢を見た」と、いう。「きみは……？」

「いや、いや！」ナックははねつけ、外骨格を脱ぎ、腹足で洞窟に滑りこんだ。「それゆえわたしはここにはいない。なにが起ころうともわたしたちは精神的に兄弟であり、われわれはあらたな存在においてもたがいを見つけることを、わたしはきみに断言したい。わたしはほかのどの存在よりもきみに近い、ベオドゥ。きみはわたしに同意するか？」

「たしかに、クレンナル、そういうことだ」

「われわれは、わたしがわたしの親と結びついている以上に、きみがきみの仲間ペリー

と結びついている以上に、たがいに結びついている。そういうことだろう、ベオドゥ？」

「そういうことだ」

「しかし、わたしが堕落したわたしの親を愛しているように、きみはほかの世界からきたきみの友を愛している。そうだろう、ベオドゥ、違うか？」

「わたしに関していうなら、そうだ」

「かれらをべつの存在に連れていきたくはないか」

「どうやったら……そもそもそんなことが可能だと？」

「かれらを呼ぼうではないか」と、クレンナルはいう。「きみはかつてペリーにメッセージを送った。当時わたしは、かれにつかみどころのないように述べてほしいとたのんだ。今回は、きみの新しい精神のありように関するすべてをかれに教えるようにとたのみたい」

「その結果、かれがわたしと絶交したら？」

「そのときは、友情に価値はないということだ」クレンナルは答える。「しかし、心配しなくていい。そうはならない。かれはまったく違った反応をするだろう。かれはきみを救おうと試みるだろう。なぜなら、かれの見解では、われわれは誤った教義のとりこになっている。それゆえ、かれはきみを見つけだし、きみを連れだすためにすべてを投入する。きみがどこにいるのかがわかれば、かれはそのように行動するとは思わないか？」

「しかし、かれはそれを知らない」

「では、かれにそれを教えよう。そして、とり決めた待ち合わせ場所でいっしょにかれを待とう」

「それはいい考えだ」と、ベオドゥはいう。しかし、あまりに早く同意したことを後悔した。それゆえ、急いでつけくわえた。「かれを連れにいくほうがかんたんではないか？　つまり、指示することで前もって注意を喚起しないで、かれを誘拐したほうが」

「それはいい考えかもしれないが……なんというか、われわれがかれを特定できればだが」

ベオドゥは驚きを演じる必要はまったくなかった。

かれはこれまで、ペリー・ローダンはハンガイ銀河でもっともよく知られた人物であり、すべてのハウリ人とすべてのヘクサメロンの信奉者が、ローダンの明確な姿を知っているものだと思っていた。

すくなくとも、ゴン＝ウェンのギル・ゴルはそういっていた。しかし、ひょっとしたら、ペリー・ローダンという名前が、ほかの宇宙からきた異人と同義語になったことを意味していただけなのかもしれなかった。

クレンナルが描くところからは、そうとしか考えられない。

ベオドゥはよろこんだ。なぜなら、殺害者の軍団が、ヘクサメロンの奉仕において、かれのワキアンを狩る心配をしなくていいからだ。

かれはそもそもそのような不安を持っていた自身を、おろか者だとののしる。そのような危険がもしあったのであれば、それについての夢を見ていたはずではないか、と。

「わたしは、きみがわたしにもとめることをやるつもりだ、クレンナル」ベオドゥは時間稼ぎにいった。

「では、わたしといっしょにきてくれ。きみが友に連絡をとることのできる送信機がすぐ近くにある。つまり、かれは、われわれが望んだとおり、きみのシュプールを追って第一惑星にいる」

それは、ベオドゥにとって予想外だった。

「われわれ、万事よく考えて行動しよう、クレンナル……」かれはナックを引きとめておこうとする。しかし、ナックはそれに乗ってこない。

「われわれ、急いで行動しなければならない、ベオドゥ」と、かれはいう。「短い第二日めが終わりに近づいている。そしてわれわれはふたりとも、短い第一日めが、きみが夢みたように終わることを望んでいる、ベオドゥ、そうではないか?」

「もちろんだ」と、ベオドゥはそういおうとした。もうこんなに遅くなっているとは知らなかった。しかし、口笛と鳴き声が混ざったはっきりしない音しか出なかった。トランセサイザーが突然いうことをきかなくなったのだ。

「同意したということだな、それとも？」と、クレンナルはいい、つづけた。「永遠、無、あらたなはじまり、再生が非常に近い。われわれ、だれか目のくらんだ者が最後の瞬間にわれわれから実現を奪うことを望まない。われわれ、この目のくらんだ者を改心させなければならない。しかし、そうするためには、まずかれを呼びよせなければならない。さ、行こう、ベオドゥ！」

＊

アッタヴェンノクは、連山全体に洞窟網がはりめぐらされていて、多くの地点に大きな技術施設があることをとっくに知っていた。そして、その目的も知っていた。ナックの墓場、かれら全員が伝説にすぎないと思っていたたくさんの墓場があった。そして、先祖のように、伝説のプルエルのように生活を送る何千ものナックがいる。しかし、野生で育つこのナックのコロニーは、ハウリ人にとってはただのカムフラージュだった。表向きには、かれらの自由で束縛のない生き方に向けた努力を支援した。しかし、実際には、かれらはこれらナックをかれらの死の哲学の忠実な弟子にした。

プルエルの教えと死の哲学は、両者をすこし変化させれば、非常に似ていた。それゆえハウリ人にとって、ナックを条件づけることはなんらむずかしいことではなかった。自分たちの破壊的な目的のためにかれらを味方につけ、考え方をちょっと操作することなど造作もなかったのだ。

ベオドゥはすべてを知っていた。

いまや、知っていることをペリー・ローダンに伝え、警告するチャンスが訪れたとみた。そして、ほかにうまい方法がないのであれば、かれは電波をとおして叫ぶだろう。たとえ、自分の命を犠牲にすることになるとしても。〝ペリー、チャリフ星系が絶滅の危機に瀕している！〟と。

かれはそのような考えを意識の深淵に押しこめた。ナックやハウリ人やプログラミングしなおされたジュアタフ・ロボットがかれの心をのぞき見できるのかどうか、わからないからだ。

そのことは考えるな！

ベオドゥは岩施設のこの部分に行ったことはなかったが、装甲されたパイプトンネルをとおって、突然、大規模に設備された通信ステーションに到達しても、驚きはしなかった。

そこではひとりのハウリ人も活動していない。すくなくともそのように見えた。ロボットだけが作業している。だが、ベオドゥは、ハウリ人がカムフラージュのためにロボットの甲冑《かっちゅう》に身をかくしているのを知っている。戸外に出て、作業をしていないナックにまぎれこむことができるのは、そうしたときだけだ。ハウリ人は明らかに、正体を知られないようにする必要があるとみなしていた。

それは、ベオドゥが信用されていないことをしめしている。

おそらくかれにとっては短い第一日の最後の数分がはじまっていた。かれに対する死刑判決はすでにくだされていて、かれがペリー・ローダンにおとりの呼び声を送信するまで待っているだけなのだ。

どうであれ、かれは、ワキアンにさし迫ったカタストロフィを警告するまでは生きのびるだろう。

しかし、そうではなかった。

突然、ジュアタフ・ロボットのなかに動揺が明らかになる。その場にいた少数のナックは、最初なにも異状に気づいていないように思われた。しかし、それから突然、超音波サイレンが鳴り響き、ナックは出口へとはしる。

「ここからはなれるんだ、兄弟！」クレンナルは叫ぶ。「これは手入れだ！　わたしの親がまたもや鉄拳をふりあげた。施設は、かれらに探知される前に閉鎖されねばならない……」

クレンナルの言葉は爆発にかき消された。ベオドゥは爆風に捕らえられ、出口から通廊に投げだされた。このことがおそらくかれの命を救ったのだ。

かれにはそれがなにを意味するのかわからなかったが、爆心地の方向に自由があることはわかっていた。第二の爆発がなかったので、多関節の脚で立ちあがり、滑稽な印象をあたえる大きなジャンプで、岩が粉々に飛散したなかをまっすぐに、通信ステーションに駆けもどった。……そして制服を着たナックとぶつかり、ナックは衝突の勢いでうしろに倒れ、砂ぼこりのなかに消えた。

ベオドゥはかれのあとを跳んで追う。誤解を解き、かれを解放者として歓迎したかったのだ。しかし、ナックではなく、突然ロボットと対峙《たいじ》してしまい、ロボットに麻痺させられた。

ベオドゥは意識が薄れ、夢も見ない意識不明におちいった。意識がもどり、慎重に目を開けると、かれの上にはペリー・ローダンの顔があり、もうだいじょうぶだと思った。

「さて、夢想家よ、きみもようやく充分に眠れたかな？」かれのワキアンが挨拶した。

「どれくらい……？」

まだ話すのに苦労しながら、ベオドゥがたずねた。しかし、どうやら意味のある音声を発したようで、ペリーはかれのいっていることを理解して答えた。

「麻痺していたのは、せいぜい標準時間で二時間といったところだ」

ベオドゥは、それ以上の時間をむだにしなかったことにほっとし、

「だったらまだきみはチャリフ星系を救うことができるかもしれない」と、いい、つけくわえた。「きみならそれができる、ワキアン」

9

《レダ》は任務がないまま、第一惑星の宙域を縦横に飛んでいた。もちろん、このセクター、つまり飛行していた直径三十万キロメートルの宙域には衛星アナンサルもある。ドリフェル・カプセルは、ハウリ人の活動状況や、あるかもしれない宇宙基地を探るのを第一の目的とし、この関連で、ブラックホール・アナンサルのより正確な調査をしていた。

周知のように、アナンサルはナンサルから十八万キロメートルほどはなれていて、両方とも共通の中心点を回転している。この計算で認識される中心点宙域に、すぐに三つの静止物体を発見した。観察期間中にそこに向かって飛んでいったのは一隻の百メートル級トリマランだけだった。

それらは直径二百メートルの円盤で、厚みがそれぞれ五十メートルあり、たがいに五百メートルはなれていて、エネルギー軌道でつながっていた。

《レダ》は、外側の接続ラインを考えれば、エスタルトゥのシンボルになると注意を喚起する。しかし、ローダンはそれには同意しなかった。むりやりこじつけているように思われたからだ。

トリマランには八十名のまだ完全には成長していないナックが乗っていて、三つの宇宙ステーションにはジュアタフ・ロボットが配置されていることが判明した。若いナックがブラックホールのプシオン放射にさらされるステーションである。そこでかれらのパラ視覚とパラ聴覚の潜在能力が刺激され、的確に制御されることになる。

《レダ》はそこにハウリ人の活動を確認できなかった。

そこで、ドリフェル・カプセルは、調査をブラックホールに集中した。アナンサルは三ミリメートルの事象の地平線しか持っていなかったが、このちっぽけなブラックホールはある程度はなれたところからでも視覚的によく見えた。直径五キロメートルのぎらぎら輝く降着円盤を持っていたからだ。

最初《レダ》はなにも新しいものを発見できなかった。観察をつづけることで、アナンサルがプシオン・エネルギーを放ち、惑星方向に放射しているだけではなく、ブラックホールもナンサルからねらいを定めた放射を受けていることを確認した。

これは遠距離探知では探知できなかった。《レダ》が最後までその性質を認識できなかったこの放射は、とても弱かったから。ドリフェル・カプセルが確認したかぎりでは、ナンサルからの放射は、そもそもブラックホールになんの影響もあたえていなかった。

しかし、その後、エネルギー流は突然中断され、再開されることはなかった。再度の測定で《レダ》は、ナンサルの放射がブラックホールになにがしかの影響をあたえていたことを確認した。なぜなら放射が中断されたいま、その質量の損失が三分の一になったからだ。

《レダ》がブラックホール全般に関して話しはじめようとしたとき、ローダンはそれをさえぎり、

「ブラックホールについては、いわゆるホーキング放射と呼ばれるものによって質量を失わせるというくらいにはよく知っている」ローダンは、《レダ》の説明をさえぎるだけではなく、自分の知識を思い起こすためにもいう。「この効果はブラックホールがちいさければちいさいほど、重大なものになる。このホーキング放射の結果として、各ブラックホールはすべての面で空間の歪曲率の全周囲で閉じることができなくなるポイントに達する。事象の地平線は開き、ブラックホールはホワイトホールになり、そこから、事象の地平線の下にとじこめられていたエネルギーがわきでてくる」

「そのとおりです」《レダ》は学校の教師のように褒《ほ》める。「ただ強調するとすれば、ブラックホールの寿命はその質量により、大きければ大きいほど長いということです。そのことをわたしは強調しなければなりません。なぜなら、ナンサルからのインパルスによってアナンサルはいわば刺激され、その質量の損失が、あなたがいうホーキング放

射を介して、三倍になったからです。わたしの考えでは、この値《あた》いは任意に増やせます。そして、われわれは、それがなにを意味するか知っています」

　しかし、ナンサルからくる放射は突然やんだ。考えられる理由は、《レダ》、ペリー・ローダン、アッタヴェンノクのベオドゥのあいだで情報交換されたさいに判明した。ベオドゥはブラックホールの特異性についてなにも知らなかったが、多くの背景情報を持っていた。

《レダ》はもとの放射ベクトルを算定し、それにしたがってナンサルに向かった。もちろん、放射の正確な発生源をもはや探知できないが、そのなかに発信機があるにちがいない一辺の長さ二十キロメートルの碁盤の目を予測した。

　その碁盤の目のなかにはエイラー山脈があり、そこでダルフロルの出動部隊がレンナルの地下組織の手入れに着手したばかりだった。そしてひどい驚きを体験する……ちょうど《レダ》がこの地域に飛ぼうとしていたとき、ローダンから通信命令がとどいた。《レダ》はそれにしたがい、ローダンと名無しを乗せてエイラー山脈の北の麓《ふもと》に飛んだ。

　そこではダルフロルの出動部隊がひどい敗北を喫していた。かれらは無害なセクトではなく、ハウリ人のかくれ家に遭遇したのだった。ダルフロルの部下たちは通信ステーションを攻略したが、非常にはげしい抵抗を受け、大損害をこうむり、退却を余儀なくされた。

唯一ポジティヴなことは、意識はないが生きているベオドゥを発見したことだった。ローダンは麻痺しているアッタヴェンノクをドリフェル・カプセルに乗せ、ひとまず引きあげた。

そして、ここでベオドゥが目ざめた。

*

「ハウリ人はナンサルを破壊しようと計画している」ベオドゥが興奮して報告する。「そうなるとチャリフ星系全体が滅亡するだろう。かれらはアナンサルを加熱し、最終的には爆発させるつもりだ。そしてかれらはそれを、短い六日間の一の日の最後、惑星日が終わるときにやるつもりだ。そのことをわたしは夢で見ただけではないのだ、ワキアン」ベオドゥは断言する。「それをわたしはクレンナルのまわりにいる分別を失ったナックの会話から聞いた。これらの狂信者たちはなんでもできる」

「きみのいうとおりだと思っている、ベオドゥ」と、ローダンはいう。「残念ながら、きみのいっていることにまちがいはありえない。《レダ》がきみの主張の正しさの証拠をもたらした」

「ハウリ人の意図は明らかです」と、《レダ》が確認する。「かれらは放射を強くすることでブラックホール内部の温度をあげ、物質の放出を何倍にもするつもりです。そして、かれらはいつでもそうすることができます。そうすれば、やがてブラックホールの事象の地平線がむりやり開き、爆発にいたります。何垓トンもの物質が爆発の瞬間にかたいガンマ放射として放出され、それがチャリフ星系の終焉になるでしょう。そしておそらく、メエコラー・プロジェクトもそれで終了することになります」

「いまわたしは、知識権限の中枢が警告した意味がわかった」と、名無しはいう。おそらく以前の説明の多くを理解していなかったが、正しい結論を引きだすことができたのだろう。「ナックはブラックホールである衛星アナンサルを永遠のかけらとも呼んでいる。そして知識権限の中枢は、わたしの口をとおして〝無害なかけらが潰滅的な棍棒になることを阻止せよ！〟と、警告した。ハウリ人がヘクサメロンに奉仕してブラックホールを爆発させようとしていると予言したのだ」

「そしていまわれわれは、かれらがそれをホーキング放射の方法を使ってこれを実現しようとしていることも知っている」と、ローダンはいう。「しかし、送信機の正確な位置がまだわからない。それは、長さ二十キロメートルのエイラー山脈のどこにあってもおかしくない」

「送信機を発見し、それを破壊し、チャリフ星系を救うために、きみにはまだまるまる一惑星日がのこっている」ベオドゥが心からいう。「かれらが短い六日間の儀式をやらないということはないだろう。それがきみにとって有利な点だ。送信機を発見するのに、きみはこの時間を使うことができる」

ローダンはなにもいわなかった。ベオドゥの純真な考えを壊したくなかった。しかし、ハン＝シュイ＝クォンのハウリ人は、それがかれらの命にかかわる問題だと気づけば、儀式を尊重しないと知っていた。そのときは、アナンサルを即刻爆発させるだろう。

自分たちは安全だとハウリ人は感じているはずだ。ダルフロルの出動部隊はすべての岩塊を徹底的に捜索することはできないのだから。そしてナックも、いくつかの拠点を壊滅させたことで明らかに満足していた。

げんにダルフロルは、ハン＝シュイ＝クォンをたたきのめしたと思っていることをほのめかしていた。

その間にギル・ゴルの部隊も到着した。三十隻の戦闘艦がナンサルに着陸し、エイラー山脈を北から体系的に捜索すべく一万の兵士とその二倍の戦闘ロボット兵力を投入した。シュオ＝ゴン＝ウェンは五十隻のトリマランの艦隊を送りこんできた。

ナックとハウリ人とのはげしい戦いになり、ハウリ人はほとんど全員が捕虜になるよりも死を選んだ。生きて捕らえられたハウリ人はたった三名だった。しかし、かれらからは、闘争スローガンとヘクサメロンの書からの朗誦のほかになにも得るものはなかった。

ヘクサメロンのナックの信奉者ははるかに口を開かせるのが容易だった。かれらは洗脳と条件づけによって死の哲学に改宗させられたのではなく、伝説のプルエルの教えによって改宗させられたのだ。

ナックがかれらの信仰に固執《こしゅう》していることはべつとして、かれらはハン＝シュイ＝クォンの秘密の陰謀については、ほとんどなにも知らなかった。

かれらは夢中になって話す。最初の短い一の日が終わると、全員がアナンサルに飛び、暗黒時代の終わりにあらたな再生を経験するだろう、と。永遠のかけらが巨大なブラックホールになり、それは〝ちいさな死〟のあとに永遠の再生に通じていると讃美し、予言に夢中になる。そうやって、かれらは、ブラックホールの爆発を遠まわしにいっているのであり、ハウリ人がそのような犯罪的行為を意図していたことを確認した。しかし、かれらは、どのように、そしていかなるところから着手されるのかに関してはなにもいうことができなかった。

かれらはヘクサメロンの気の毒な道具にすぎないということ。

みずからの部隊をひきいるギル・ゴルはまさに勝利の陶酔のなかにいた。シュオ＝ゴン＝ウェンの兵は嵐のなかでハウリ人の砦を次々と攻略し、この成功がかれらの目をくらませた。

ローダンはギル・ゴルとの短い通信で、このことに気づいた。

「ハン＝シュイ＝クォンの最後の時がやってくる」と、ギル・ゴルは仰々しくいった。恋人ミ・アウワの死をまだ克服できていないにしても、すくなくとも一時的に忘れているようだった。かれの行動はとっくに個人的な動機とは関係なくなっている。責任という観点から非難されるべきものではなく、むしろ肯定されてしかるべきだ。しかし、かれは大局を見誤ったようで、ちいさな戦闘に力を浪費した結果、ハウリ人に願ってもない時間稼ぎをさせた。

「宇宙船の格納庫も見つけたか？」ローダンはこの会話のなかでたずねた。

「どんな宇宙船の格納庫だ？」と、ギル・ゴル。

「ハウリ人は、なんらかの方法でナンサルにきたはず」ローダンは答える。「だから、なんらかの方法でここから逃げるはずだ」

「ハウリ人は逃げない！」と、ギル・ゴルはいい張る。「これら狂信者は〝歓声をあげながら〟死んでいく。わたしはきみにいう、ペリー・ローダン、かれらはたんにナンサルに降ろされ、放置されたのだ。逃走する宇宙船などあるわけがない」

「しかし、アナンサルを爆発させるはずの送信機がある」ローダンは異議を唱える。

「われわれ、それを見つける」ギル・ゴルは確信していう。「われわれはすでにエイラー山脈の半分をコントロール下に置いた」

「ではナックの墓場はどうなのか？」と、ローダンはたずねる。

「それをどうしろと？　それは、われわれにはなんの関係もない！」

「見つけたのか？」

「いや、なんのために？　そのような内部の脱線はナックにしか関係しない。それとも、ナックの墓場がわれわれの問題となにかかかわりがあるとでもいうのか？」

　これで会話は終わり、ローダンもギル・ゴルにもうこれ以上話すことはなかった。かれはダルフロルと連絡をとる。最初、ナックは話したがらなかったが、ついには通信を受け入れた。

「きっと、わたしが許しを請うことを望んでいるのだろう、偉大なワキアン」と、ナックはまず最初にいった。「もとよりきみのわが種族に対するあらゆる疑念は正しかった。きみがわれわれに関していった悪いことのすべては当たっていた。わたしはわたしの誤りを認める。そして、責任をとる。わたしはゴン＝ウェンとしてのポストを退く。オッサマを後任にしよう。そしてクレンナルも、相応の報いを受けるだろう」

　ローダンはあまりの憎々しげないいかたに狼狽する。ダルフロルに対してまったく違った評価をしていた。判断ミスは、かれがナックに関していかに知らなかったかをしめしただけのことだ。

「きみから自責の言葉を聞きたくない」と、ローダンはいう。「わたしはただ、現状をたずねたかっただけだ」

「さっき説明した」ダルフロルは、いっそう敵意に満ちていう。

「そもそもナックの墓場についてたずねたかったのだ」と、ローダンはいう。

「おそらくきみの勝利を完全なものにするためなんだろう？」ダルフロルは嫌味をいう。

「ああ、そのような野蛮な礼拝の場所があった。実際、それは唯一の大きな墓場だ。われわれ、ハウリ人がこの礼拝の場所で孵化したナックを、かれらの意にしたがって、ロボットに育てさせているのを発見した。わたしにとってとても信じられなく恥ずかしいが、わたしは、それできみがわたしの恥ずかしさを知ることができるよう、すべての真実を語るつもりだ」

ローダンはナックの自虐傾向の気分をとめることができず、かれの言葉に最後まで耳をかたむけた。

そのさい、かれが知ったことは、本当に衝撃的だった。

ハウリ人は、地下のナックの自然への愛着をひそかに支援することで、かれらの慣習を利用した。ハウリ人は苦もなくプルエルの教えに執着させた。このことはとっくに周知のことだ。

しかし、いまローダンは、ハウリ人は野生で育ったナックをひそかに〝永遠なる穴〟に連れていき、五次元感覚を活性化させて完璧なものにする計画に着手していたことを知った。ハウリ人の計画は、かれらの意図にしたがって育てたナックを社会に潜入させ、キャリアを積ませ、かれらといっしょにカンサハリヤとプロジェクト機構に浸透させることだった。

この長期プランの終わりには、何千ものナックがヘクサメロンのために働くことになるだろう。そして最後には、ヘクサメロンのナックの奉仕者が徐々に全種族に対して影響力を持ち、種族を死の哲学に改宗させることになるだろう。

「きみが明らかにしたようなナックの苦悩をおもしろがることは、けっしてわたしの意図するところではない」と、ローダンはいう。「わたしはただ、きみたちがナックの墓場をどうしようとしているのかを知りたいだけなのだ。そこには、さらなる価値あるヒントがあるかもしれない……」

「われわれ、ナックの墓場を封印した」と、ダルフロル。「わたしはこの措置で、きみの理解を期待しているわけではない。われわれナックの大多数は、先祖の野蛮な風習を捨てた。しかし、古い信仰にしがみついている者たちを尊重している。かれらの礼拝の場所を冒瀆《ぼうとく》することはない。それらは、われわれにとって〝神聖《ラクノル》〟だ」

こういって、ダルフロルは通信を切った。

恨みをいだいたままのナックと別れ、よりよい合意のための基礎も関係改善の可能性も見いだせなかったことを、ローダンは後悔した。自分が計画していることを実行したあとでは、かれらのあいだの溝は、おそらく克服しがたいものになるだろう。

　しかし、ほかに選択肢はなかった。

「きみにとってナックの墓場は〝神聖《ラクノル》〟かもしれない、ダルフロル」ローダンは自分にいい聞かせるようにいう。「だが、わたしはそれを考慮に入れることはできないのだ」

10

かれらは高原から、しばしば垂直に深淵へと通じている割れめをとおって、ナックの墓場のある洞窟網に迫る。かれらとは、ペリー・ローダン、ベオドゥ、名無し、十名のえり抜きのカルタン人、そしてとりわけ荷物運びに従事する十体のジュアタフ・ロボットだ。

ハウリ人がプログラミングしなおしたジュアタフ・ロボットを迅速にもとにもどすことはできなかった。もとにもどそうとしたロボットはすべて自己発火してしまった。綿密なプログラミングを試みる時間がなかったのだ。そのためローダンは、ダルフロルに知られることなくギル・ゴルが自由に使わせてくれた従来どおりのジュアタフ・ロボットで満足しなければならなかった。

ギル・ゴルは最初ローダンの計画を支援することを拒んだ。ローダンがハウリ人のブラックホール送信機を発見し破壊することの重要性を納得させてようやく、ギル・ゴルは譲歩し、信頼できるカルタン人十名とロボットを提供してくれたのだった。

カルタン人はローダンの命令に盲目的にしたがわねばならず、ロボットはネット・コンビネーションのピココンピュータを介して制御できた。さらにギル・ゴルは、かれが望んだ装備を気前よく提供してくれた。

ローダンは自分の計画を、論理的に正当化することができなかったので、《レダ》にすら相談しなかった。それは実際、ハン＝シュイ＝クォンの本部に侵入するための唯一の苦しまぎれの行動だった。

ナックの墓場からハウリ人の本部へ道が通じているという確たる証拠はなかった。しかしローダンは、ハウリ人はナックの再教育と条件づけのため、しばしばナックの礼拝の場所にいなければならないと考えたのだ。エイラー山脈の調査で明らかになったように、礼拝の場所と制御ステーションとの距離は膨大で、なんらかの高速移動手段があるのは明白だった。

ローダンは、ハウリ人の本部がナックの墓場のすぐ近くにあるかもしれないという可能性をけっして除外したわけではない。しかし、ギル・ゴルが、ダルフロルの決定に反することを断固として拒んだので、ローダンはこの計画を進める決心をした。

高原から深淵へ向かう途中、ナックの墓場に属する洞窟のひとつにたどり着くのにたっぷり二時間かかった。自然の障害物に行きあたったが、それらはかれらの技術的補助器具でかんたんに克服できた。さいわいこの降下はダルフロルの部下たちに知られずにすみ、かれらに封じられることはなかった。

　カルタン人は投光器で洞窟を照らしたが、技術的設備はどこにも見あたらなかった。探知機の針も振れなかった。質量走査器だけが、かれらの上下にある自然の金属鉱脈に反応した。

「この洞窟のことでなにか知っていることは?」ローダンはベオドゥにたずねる。

　アッタヴェンノクの両足が深い塵のなかに沈む。うやうやしく洞窟のなかを見まわすと、地面は死んだ無数のナックの亡骸《なきがら》でおおわれていた。かれは動こうとはしなかった。なぜなら、いたるところにからだの外皮があって、ちょっと触れただけで塵になってしまうからだ。

　ローダンも、この礼拝の場所をけがさざるをえなかったことに後悔を感じた。

「ここにくるのははじめてだ」と、ベオドゥはいう。「そしてわたしの世話役がしてくれた説明は、墓場の特定の場所を認識できるほど正確なものではなかった」

　ローダンはため息をつく。もともとそれ以上のことを期待していたわけではなかった。

「では、墓場の捜索にとりかかろう」と、かれは決める。

*

　投光器の光のなかで、大聖堂のような印象の比較的高いところにある洞窟のなかに入る。洞窟は幅五十メートルはないが、高さはその四倍、奥行きはゆうに四百メートルはあった。まんなかが細くなってつながっている石筍《せきじゅん》と鍾乳石からできた四本の巨大な柱が中央に立っている。そして、ここでもいたるところにナックの死んだ外皮がある。数年しかたっていないものもいくつかあるが、たいていは風が吹くだけで塵になってしまう羊皮紙のようだ。

　側壁のいろいろな高さから、数十の洞窟が岩の奥深くにのびている。ローダンは探知をおこなったが、結果は得られなかった。

　そのため、大聖堂のような洞窟の反対側に行き、ほかの道を探した。垂れさがった岩の下に洞窟がふたつあり、平行にのびているが、二十メートル先で分岐している。

「提案だが、われわれ、通信連絡がとれるあいだは、二手に別れよう」と、ローダンがいう。

　かれは四人のカルタン人と五体のジュアタフ・ロボットを同行者に決め、ベオドゥと名無しをほかのグループと右の洞窟へ送った。

《レダ》が連絡してきたとき、ローダンはまだ五十メートルも進んでいなかった。

「役だつ知らせでもあるのか？」ローダンは不機嫌にたずねる。「でなければ、じゃまだてしたうまい弁解でも思いつくのだな」

「ギル・ゴルが報告をもとめています」と、《レダ》がいう。「わたしはあなたがたを探知していますが、死んだようなところを移動しているとしかいいようがありません。墓場のひろい周辺で、稼働している技術装置はありません」

　ローダンはギル・ゴルと、《レダ》を介して連絡をとると申し合わせていた。そうすることでカルタン人のいやがらせから守られると思っていたし、同時に、ハウリ人に見つからないようにする予防措置でもあった。《レダ》を介せば、ハウリ人によって容易に盗聴されないネットウォーカー周波数で連絡をとることができる。そのうえ、かれらは解読されないコードを使った。《レダ》がローダンから受けるビーコンも非常に弱かったので、ハウリ人はほとんど目視できる距離まで近づかないと探知できない。したがってそのときにはローダンもすでに目的地に到達しているというわけだ。

「ギル・ゴルに、ハン＝シュイ＝クォンの本部を発見すべく、せっせと働くべきだと伝えてくれ」ローダンはそっけなく答える。「われわれの位置を特定できるか、《レダ》？」

「もちろんです」ドリフェル・カプセルはいう。「あなたがたは、頂上の高原から八百メートル下の、深さ四百メートルほどのところにいます。まだたいして進んでいませんよ。本当に墓場全体をくまなく探すつもりですか？　なんといっても四平方キロメートルにひろがっていて、部分的には、何層にも……」

「われわれ、あの洞窟のなかにいる」と、名無しがいう。

ローダンは《レダ》との接続を切り、通常の通信通話に切り替える。

「どの洞窟に？」と、たずねる。

「われわれがヴィデオで見た洞窟だよ」と、名無しが答える。「それはたしかだ」

「わたしも、そう確信する」ベオドゥが同意する。「ジュアタフと孵化したナックが撮影されたのはここだ」

「そこにいてくれ！」と、ローダンは命じる。「われわれ、できるだけすみやかにきみたちのところに行く。きみたちはその洞窟と隣接する洞窟をくまなく探すように」

「ここでまちがいない」と、名無しがふたたびいう。そのとき、ローダンたちはもうひとつのグループがいる洞窟の方角に、斜路を進んでいた。「いくつかのナックのからだはまだ比較的新しく、まだ完全には乾燥していない」

　まもなくその洞窟に到着し、平面の三分の一を占めているどろどろした液体だまりでここだと認識した。

　一体のジュアタフ・ロボットがかれらを待ち受けていて、側廊をとおって、ベオドゥと名無しが進んだ洞窟に案内した。

「まだ温かさがのこっているところが、ところどころにあります」カルタン人のひとりが通信で報告してくる。「残念ながら、役にたつイメージが得られるほどのものではありません。しかし、数日前に、ここに生きた生物がいたことはたしかです」

ローダンは見つけたという思いで気がたかぶった。いつもはかんたんに過度の楽観主義に捕らえられたりはしない。しかし、いまや、かれが探していた秘密の手がかりをつかんだと思う。

速く前進しようと反重力装置のスイッチを入れたにもかかわらず、名無したちのグループに追いつかない。

「われわれ、温かさのシュプールを追っている」と、名無しが伝えてくる。「ますます熱くなる……ここだ！」

「なにを発見したんだ？」と、ローダンがたずねる。

「なんと……」ベオドゥの声が聞こえる。「なんらかの技術装置だ。特別すごいものではないが、印象的だ。岩壁の前に立っていて、ドアの敷居のように見える台座がある。左右に二本の柱がある」

「わたしが行くまでは、触れないように！」ローダンは命じる。

「物質転送機だ」と、名無しが報告する。「それくらいのことはわかるが、われわれにはなんの役にもたたない。起動していないから」

ローダンはベオドゥと名無しのグループが侵入した洞窟に到達した。ジュアタフ・ロボットが背後に立っている。重火器、爆弾、感度の高い計測・制御装置のバッテリーからなる装備を背負っていて、ギル・ゴルが請けあったように、ハウリ人のシステムにつなぎ、それに介入することもできる。

名無しとベオドゥは、補強された台座を持つ一種のアーチの左右に立っていた。カルタン人たちはすでに輸送コンテナを開け、必要な機器を出すことにかかっていた。

「たしかに転送機だ」ローダンは満足げにいい、カルタン人のほうを向く。「だれか、これを起動できるか？」

「それだけではなく」かれらのリーダーがいう。「われわれ、おそらく転送機に備わっている自爆装置のスイッチを切ることもできます」

「で、受け入れステーションはどうなんだ？」ローダンは知りたがる。

「問題ありません」カルタン人が自信を持っていう。「システムのなかに入れれば、受け入れステーションを起動できます。ただ、われわれがどこに出るのかを選びだすことはできませんがね」

ローダンはなまいきで乾いたユーモアのセンスを持っているカルタン人がいるとは思ってもみなかった。

「重要なことは、われわれがハン＝シュイ＝クォンの本部に出ることだ」と、ローダンはいう。「そして、〝わたしには〟その確信がある」

もちろん確信などなかったが、自信に満ちたカルタン人に引けをとりたくなかったし、かれらに絶対の信頼を置いてほしかった。

ローダンはかれらに仕事をまかせ、《レダ》と連絡をとり、発見したことを伝える。もちろんドリフェル・カプセルはかれに行動規則をあたえはじめたが、かれはそうはさせなかった。

「われわれがどこに出るのか、目的地でなにが待ち受けているのか、わたしにはわからない」と、ローダンはいう。「しかし、われわれが停止している転送機を起動したことにハウリ人が気づいたなら、ひょっとしたらわれわれを熱烈に歓迎してくれるかもしれない。あるいはパニックにおちいり、アナンサル送信機のスイッチを入れるかもしれない。どうなるかはまったく予測もつかないので、ギル・ゴルは、エイラー山脈のどの地点にも迅速に攻撃をくわえられるように、警報にそなえて部隊に出動準備させなければならない。きみはわたしを探知し、わたしのあらたな居場所をただちにギル・ゴルに報告しなければならない。なぜなら、われわれがどこに出ようが、受け入れ転送機は、おそらくハウリ人の本部にある」

「どう行動すべきかを、あなたがわたし同様に知っていることを願うだけです、ペリー」と、《レダ》はいう。「無謀にならないように。ひょっとしたら、あなたはそもそも……」

「……待つべきだ、というのか、われわれ全員がチャリフ星系とともに滅亡するまで」と、ローダンが文を完成させる。「だったら、わたしはむしろ無謀になったほうがいい」

かれは接続を切り、種々の計測装置やエネルギー反応炉を物質転送機に接続していたカルタン人のほうを向く。

「テストインパルスを送ることができるところまできました」カルタン人のリーダーがいう。ほぼ一分後、かれはつけくわえる。「試運転を実施しました。インパルスは問題なくもどってきました。インパルスが向かった方角と距離も測定できます」

それはローダンの期待以上だった。ローダンはデータの提供を受け、《レダ》に転送し、ギル・ゴルの部隊をこれらの座標に行かせるようにとの指示を伝達した。

「もうやりました」《レダ》はすぐに報告してきた。「この場合、あなたが命を危険にさらす必要はまったくありません、ペリー。あとはカルタン人たちがやります」

「転送機のほうがより速くアナンサル送信機のところに行くことができる」と、ローダンは答える。「結局のところ、それを破壊することが重要なのだ。目的地で準備していてくれ、《レダ》」

まだ最後の言葉をいい終わらないうちに、両方の柱のあいだで、転送フィールドがちらちらしはじめた。

ローダンは、カルタン人がかれの出動命令を待つことなく性急に行動したので、いまいましく思った。しかし、もうとり消すことはできない。

かれらはこの空洞を、その背後でなにが待ち受けているとしても、とおり抜ければならない。

「前へ!」と、ローダンは命じ、最初に転送フィールドをとおってジャンプした。

11

ローダンはなにが起きようと対処できるよう心の準備ができていた。しかし、まさかからっぽのホールに出てくるとは。武器をかまえて、周囲を見まわし、安全をたしかめる。壁沿いの装置は作動しているし、ステーション全体がフル回転しているように思われた。しかし、ひとりのハウリ人どころか、一体のロボットの姿もなかった。

まず、ベオドゥと名無しがかれにつづき、それから次々にカルタン人、そしてロボットが姿をあらわした。最後に、リーダーであるハウリ人にくわしい転送機のスペシャリストがあらわれ、その背後で転送機フィールドが消えてなくなった。

スペシャリストが訊く。

「システムに介入しましょうか？　そうすれば、この基地の図面を手に入れ、弱点を見つけだすことができます」

「なによりも送信機の所在地が必要だ」と、ローダンはいう。「そして、それをエレガントに無効化するよう試みなければならない」

カルタン人は、ひとつの動きで部屋全体をつつみこむように両腕をひろげて、

「われわれにはあらゆる可能性が開かれています」と、いい、二名の仲間といっしょに制御コンソールにおもむく。

　ほかの者たちは、のこりの装備をほどき、使用分野にしたがってならべはじめる。

　ローダンは思わずかれらに感服した。ヴィナウに滞在する数日のあいだ、かれはカルタン人に対してまったくまちがったイメージを持っていた。ヴィナウで無為に日々を送る退廃的な者たちを見て、種族全体を推しはかるのはまちがいだ。ここにいるカルタン人たちは通常宇宙に暮らしている人々と同様、生気にあふれ、勇敢で、想像力に富んでいる。

　ローダンは、ふたつある出口のうちのひとつに行き、その先がどうなっているのか調べようとした。ドアは高さ二・五メートル以上あるが幅は非常にせまくて、エルトルス人ならはさまってしまいそうだった。

　そこに着く前に、ハウリ人にくわしいカルタン人のスペシャリストが大声でいう。

「システムが突然ブロックされました。これは第一級警報でしか起こりえません」

　ローダンはかれのところに急行し、

「ハウリ人に発見されたのか？　どうして気づかれたんだ？」

「わたしのせいではありません」カルタン人は断言する。「わたしはいまも呼び出した

データにアクセスできます。警報を発したのは外の監視システムです。ハウリ人を不安におとしいれる脅威が、外からきているにちがいありません」

ローダンは《レダ》と連絡をとり、

「なにが起きている?」と、たずねる。「ハウリ人が警報を発した」

「ギル・ゴルは地上部隊を告げられた座標に降ろすことに固執しました」と、《レダ》が答える。「かれは、気づかれることなく基地に侵入し、あなたがたと合流できると信じていました」

「きみがギル・ゴルに警告してくれれば……」

「手遅れでした」と、《レダ》。「ハウリ人の防衛装置が砲火を開き、ギル・ゴルは全力で攻撃するしかなかったのです」

「あのおろか者は張りきりすぎて、われわれの計画全体をだいなしにした」と、ローダンは不平をこぼす。「今後は、かなてこでこじ開けるしかないな。以上」

かれは制御コンソールのところにいるカルタン人のところにもどる。

「これがステーションの図面です」と、カルタン人はいい、ローダンにとってはまったく意味をなさない、関連し合った線の三次元ネットワークをうつすモニターをさししめした。しかし、ローダンにはまるでわからなくとも、カルタン人はハウリ人幾何学と象徴的表現に精通しているようだ。絡み合った非対称の多角形をさししめし、「ここが宇宙船格納庫です。船は三隻しかありません。格納庫はここから百メートル下にあります。ここ、われわれのところから五十メートルしかはなれていないところに、アナンサルに向けられている送信機があります。目下衛星の位置は条件がよく、ハウリ人の目的に充分かなっています。送信機に供給するエネルギー装置は、格納庫よりさらに深いところにありフル稼働しています……わたしは、めざしているエレガントなやり方ではどうにもならないのではないかと恐れています。わたしはメインシステムに入れません」

「では、かなてこを使ってやってくれ」ローダンはきっぱりという。「仲間を武装させ、ロボットの戦闘プログラムを起動するのだ。われわれ、送信機の破壊に全力を投入しなければならない。いかなる代償をはらってもだ」

ローダンは送信機へのルートを見つけようと、もう一度設計図を心に銘記しようとする。しかし、かんたんにはその見当がつかない。

カルタン人のリーダーは仲間をふたつに分け、ふたつの出口から送りだした。いっぽう、かれ自身は制御コンソールにとどまった。

ローダンは右のグループにくわわった。公式にはかれが指揮をとっているにもかかわらず、突然、自分がよけいな人間のように思われた。しかし、いまするべきことを考えると、もはやカルタン人に命令できることはない。どうすればいいのか、かれらのほうがよく知っている。

ローダンが戦闘部隊のうしろから通廊に入ったとき、そこはまさしく光線雷雨のなかだった。カルタン人が光る影にしか見えなかった。

はるか前方で突然爆発音が鳴り響く。それがおさまると、ハウリ人の抵抗も終わった。

ローダンはピコンピュータに命令して自身の防御バリアを作動させ、カルタン人のあとを追おうとしたが、なにかとぶつかり、地面に倒れた。最初、待ち伏せしていたハウリ人の攻撃だと思った。しかし、それは制御コンソールにのこっていたカルタン人だとわかった。

かれはローダンを助け起こしながら、

「格納庫です！　わたしが推測したように、ナルモン・アルド・ティイルは、ほかの者たちがうしろだてになっているあいだに、側近たちと逃げようとしています」

「ナルモン・アルド・ティイル？」ローダンは不思議に思った。

「基地の指揮官です」カルタン人は説明しながら、すでに送信機とは逆の方向に動きだしている。「わたしは、かれの名前を記憶装置から知りました。われわれ、かれらの逃走をなんとしても阻止しなければなりません！」

「で、送信機は？」

「それは部下にまかせてください。その勝利はかれらにあたえるべきです」

ローダンはリーダーの判断を信頼した。部下のことをいちばん知っているのはかれだし、まかせていいとわかっているにちがいないのだから。

カルタン人はローダンを反重力シャフトに導き、ふたりはそのなかに跳びこんだ。

「ワキアン！」背後でベオドゥが呼ぶのが聞こえたが、いまはアッタヴェンノクのことを気にかけていられない。

反重力シャフトで下降しながら、ローダンは《レダ》を呼ぶ。

「ギル・ゴルに知らせてくれ。かれの部下は本部の下の岩壁をターゲットにすべきだ。そこに宇宙船の格納庫がある」

「ギル・ゴルの部下は弾幕砲火に閉じこめられています」と、《レダ》が答える。「わたしが行きましょう」

カルタン人は格納庫のある階層に到着し、シャフトから跳び降りる。ローダンはあとにしたがう。かれらの前には二十メートルほどの通廊があり、ホールに通じていた。開口部から、未知のかたちをした宇宙船の一部らしい金属製の隆起が見える。

カルタン人が通廊の端に到達する。ローダンはかれより二歩うしろにいた。

「ワキアン！　ワキアン！」ベオドゥの必死の呼び声が背後で響く。

ローダンは無意識に踵を返した。

おそらくこのことがかれの命を救ったのだ。なぜならその瞬間に、ビームがひらめき、致命的な力で通廊に入ってきたからだ。ローダンは熱波を感じ、壁に身を投げた。ほんのすこしの火傷《やけど》をこうむっただけですんだ。しかし、カルタン人はビームをまともに浴び、通廊を守っている手すりごしに倒れ、ひとことも発しないまま深淵に墜落した。

その直後、騒音が鳴り響き、自然光が、すばやくひろがる亀裂から格納庫のなかにさしこんだ。

「ワキアン！」ベオドゥが追いつき、かれにしがみついた。

ローダンはアッタヴェンノクを引きずるように先へと進む。すると、格納庫エアロックを抜けて、大きく加速し空へ昇っていく飛行物体の影がどうにか見えた。

「ナルモン・アルド・ティイル」と、ローダンはいう。この名前を忘れることはない。「われわれ、おたがいを知らないが、仇敵《きゅうてき》だ」

突然、影がふたたび格納庫エアロックにあらわれた。しかし、それは、ローダンがすぐに認識したように、べつの飛行物体だった。

ドリフェル・カプセルだ。

下へとつづく階段に急ぎ、《レダ》の開いたエアロックの前に立つと、跳びこむ。あとからベオドゥがつづいた。

「たったいまスタートした宇宙船を追跡してくれ！」と、ローダンはドリフェル・カプセルに命じる。

《レダ》は命令にしたがいながらも、考えさせるように、

「ギル・ゴルにまかせてはどうでしょうか？　あなたになんの関係があるというのですか……」

「宇宙船を追跡しろ！」

＊

　宇宙空間に出たときはまだ、先行する宇宙船を探知できた。しかし、船はその後、《レダ》が追跡できないリニア空間へと消えた。ペリー・ローダンは驚いた。ハウリ人の船はほとんど例外なくメタグラヴに似たエンジンをそなえている。ハン＝シュイ＝クォンのリーダーは、より古い構造の宇宙船を使っているとしか考えられない。

「しかし、わたしはコース・ベクトルを探知したので、方向を算定できます」《レダ》はせめてものなぐさめとしていう。「データをギル・ゴルにゆだねましょう。どうするかは、かれが決めるべきです」

「われわれ、ナルモン・アルド・ティィルと同じコースをとる」ローダンはきっぱりという。「しかも遅滞なく。いま、すぐにだ」

「ギル・ゴルに情報をあたえずにチャリフ星系をはなれるつもりですか？」と、《レダ》が驚く。「ナンサルでなにが起こるのか知りたくはないのですか？」

「ブラックホールを爆発させるはずだった送信機は破壊された」と、ローダンはいう。

「チャリフ星系にとってもはや危険はない。わたしはそれを知っているだけで充分だ。われわれはハウリ人を追跡する。それとも、きみにはそれができないのか？」

「できますが、でも、なぜあなたはまたしても危険に身をさらしたいのですか？」と、《レダ》は、ローダンの考えを変えさせようと試みる。「あなたはひとりですし、目的地でなにが待ち受けているかもわかりません。ハウリ人はあなたに関してすべてを知っています。かれらはあなたをすぐさま特定し、敵だと認識するでしょう」

「それは正しくない」ベオドゥが異議を唱える。「わたしは知っているが、ナルモン・アルド・ティイルはわたしのワキアンの外観を知らないのだ。だから、かれはわたしをおとりとして使った」

「だったら、わたしはあなたを即座に宇宙空間にほうりだすべきでした、ベオドゥ」と、《レダ》。ローダンは、ため息が聞こえたような気がした。「あなたの決心が変わらないようなので、わたしは、おだやかな気持ちでいうことができます。追跡しているハウリ人船の目的地はわれわれの知らないところではありません」

「本当か」と、ローダンはいう。「で、それはどこだ？」

「わたしが算定したコース・ベクトルはまさに、われわれがこのあいだ解明した送信が出ているポイントをしめしています」と、《レダ》が説明する。

「ヘクサメロンの中央基地へのハイパー通信のことをいっているか？」と、ローダンがたずねる。

「まさにそのとおりです」

「だったら、決断はわたしにとってずっとかんたんになる」と、ローダンはいう。「さ、超光速飛行にうつろう！」

〈ナルモン・アルド・ティイル〉と、ローダンはふたたび考える。〈きみがわたしのことをまだ知らないのであれば、これから知ることになるだろう〉

そして、ローダンは考えをめぐらせることをやめ、もはやハウリ人やかれらの死の哲学や、爆発するブラックホールのことを考えない。それどころか、自分がほかの宇宙にいるということさえも忘れようとしていた……

ヘクサメロンの奉仕者

ロベルト・フェルトホフ

登場人物

ペリー・ローダン……………ネットウォーカー
ベオドゥ…………………………アッタヴェンノク。夢想家
ナイ・レング……………………カルタン人の老人
ヴァック…………………………ハウリ人。宿の管理人
シャルン
シャア ……………………同。神官山ジアックの修道士
カアン……………………………同。同神官教師
ナルモン・アルド・
　　　　ティイル…………もとハン＝シュイ＝クォンのリーダー

幼年時代

1

三つに分かれた真っ黒な羽のように、ゆっくりと船がおりてくる。船尾部が先に行くにしたがい細くなっているシリンダー型の船で、積載物を限界まで詰めこみ、中央部分と船首には技術装置だけがおさめられている。全長三百メートル、太さは最大部分で四十メートル。〈貨物船だ〉と、シャルナは思った。神官山に必要な技術機材や生活物資を運んできたのだ。山は過密状態で、神官教師や子供たちに充分な食糧をあたえられる環境ではない。

「待つしかないな」シャルナは用心深くちいさな声でいう。隣りで伏せているシャァ以外、周囲にはだれの姿も見えないが、山には耳がある。山々が折り重なったところや亀裂部分のどこに神官教師や修道士たちがいてもおかしくない。不用意に発した言葉がどこで聞かれているかわかったものではない。

「じきにぼくたちがいないことに気づくね」シャアが不安げにいう。「ぼくら、席についていないんだから」

「がまんするんだ」シャルナは、叱責するような視線を弟に向ける。「修道士には忍耐が不可欠だ。荷おろしが終わるまで待たなきゃなんない。それからこっそり船に乗りこんで、神官山をはなれる」

シャアはもうなにもいわない。シャルナは、自分が疑問に思うことを次から次へと口に出しつづけていたので、なにもいわれないのはうれしかった。自分たちが席についていないことは、自分たちが思っているほどかんたんに許されるものだろうか？　ああ、だいじょうぶさ、といってみる。自分たちは子供なんだし、子供には特権的な自由があるものだ。すくなくともある程度は……

かれは弟といっしょにテクノゾーンを見てみたかっただけなのだ。しかし、かれらの故郷は山のなかにある。そのことは、頭のなかにたたきこまれているので、自信がある。

真昼の最悪の暑さが午後になってすこし涼しい風にとってかわったころ、貨物船は荷降ろしを終え、いまは人の気配がないよう思われる。シャアのうしろで、シャルナが山をおりはじめた。山肌には亀裂が縦横にはしり、くぼみや峡谷に岩が集まっている。ふたりはあらゆる物陰を利用して門番の視界を避けるが、シャルナは背中にくりかえし存在しない視線を感じた。

「恐いんだね」シャアは満足げにいう。「兄さんは、ぼくだけ恐がっているというふりをしていたんだね」

「行くぞ！」シャルナは怒ったようにいう。

数分後にはふたりは、だれにも見つからずに、何世紀も前に山の構造を変えて切り開いた広大な大地に到達する。いまではむき出しの岩のように硬く、びくともしない。三胴船は反重力クッション上で、地上数センチメートルのところに停泊している。シャルナはすばやく貨物ハッチの下端に両手を伸ばして、反動をつけて胸の高さまでからだを持ちあげる。それをシャアが下から助ける。

船倉は真っ暗だった。わりとちいさいんだな、それだけはハウリ人の少年にもわかった。たぶん反対側の壁に、照明スイッチや隣接する通廊に通じるハッチがあるのだろう。

「どうだ！」

シャルナは弟に手を伸ばして、引っ張りあげた。ふたりは荷役口の陰になったところにしゃがみこんで、山の守衛所から目をはなさず、待った。ほんの数分だった。テクノゾーンのハウリ人が神官山に長い時間いられることはめったにない。どうしてそうなのか、先生たちはいわない。自分とシャアはすくなくともここに住んでいる。それで充分じゃないか、シャルナはそう考えた。

大人たちが三胴船の船首部分へと急ぎ、反重力フィールドで上昇していく。最後のひとりが姿を消すと、船の下で大地が沈んでいく。

「ハッチが閉まってないじゃないか」シャアが不安げにいう。「ぼくらが閉めるの忘れてたんだ……」

「おちつけ、シャア」シャルナは、手足から力が抜けてしまうような感覚を感じながら下方に目をやる。山がしだいにちいさくなって、あちこちに裂け目がたくさんある長いオブジェになりつつあった。「テクノゾーンまでほんの数キロメートルさ」

自分の自信がまやかしであるように感じる。しかし、乗員はなぜ、三十から四十キロメートルの飛行のために、船を大気圏外に出さなければならないんだろう？　いや、かれらはきっと……

次の瞬間、それがまちがいであることに気づかされた。突然船がスピードをあげ、ふたりはとんでもない力で貨物室後方に押しつけられたのだ。そしてしだいに加速はちいさくなり、おちついてきた。

兄弟はきつい向かい風を受けながら、這うように前方へ進んだ。はるか下のほうに土煙につつまれた神官山がある。その質量は巨大に見えるが、意外にちいさい。山には空洞がたくさんあり、ガスの気泡を閉じこめているし、堅牢でありながら軽い網状素材でできていることに起因している。

「ほら、見ろ！　あそこ！」

シャルナがさしめす先に、ふたつの山脈の背後に光り輝く平原があらわれてきた。それは地平線まで無限につづいているように見える。そしてハウリ人の少年ふたりは、事実そうであることを知っていた。北から南までテクノゾーンは百キロメートル以上におよぶ。神官山に居場所を見つけられなかったヘクサメロンの弟子たち全員が、あそこで暮らしている。それはタルウル全居住者の九十パーセントを占める。

「上からこんなに巨大に見えるとは思っていなかった」シャアが、ささやくようなちいさな声でいう。

ほどなく輝いていたところが消えてなくなった。

テクノゾーンにはさまざまな建造物がある。広大な倉庫の横に、砂漠の大地から、細い塔の基部がのびている。そこは何千人ものハウリ人が暮らす住宅地があるが、艶消しペイントされたサイロに関してはその用途がシャルナにはわからない。

ハウリ人の山での生活からの離脱第一歩が、ここからはじまったのだった。テクノゾーン中心部のどこかに、博物館地区があると聞いたことがある。そこを核にしてつねに新しい建物が同心円上に配置され、人工的なエリアがつくられていった。

どうして神官たちはそのことを話さないのだろう？

かれらはタルウルのこの領域から遠ざけられたということだろうか？　ひょっとするとそういうことなのか？　ヘクサメロンの教義だけに力をそそぐようにと、先生たちは口を酸っぱくしていっていたな、とシャルナは思う。そうすることではじめて修道士に任命されて、大人とみなされるのだ、と。そして自分たちの今回の勝手な行動が、そのステップを妨げることになるとしたら？　シャルナはそのことは考えたくなかった。

「もうすぐ着陸だ、兄さん」

　シャルナはシャアの言葉をそれ以上聞きとることはできなかった。最初のときと同じ圧力でうしろに投げ飛ばされた。ふたりがやっとのことでもとの体勢にもどったとき、三胴船はテクノゾーンの端にある空き地の上空で静止していた。

「宇宙港だ！」シャルナは感激していった。「ねえ、船は何隻あるんだと思う、シャア？　百、二百？」

「もっとだね」自信たっぷりにシャアはいいきった。

　三胴船が悠然と下降していく。ふたりの子供の目には、はるか下に、停泊中の船のいない、カラーマーキングされた着陸地点が見えている。シャルナは、ますます手足の力が抜けたような感覚が強くなっているのを感じ、そもそもどうして禁じられている遠出をする気になったのか、はじめてわからなくなっていた。本当にただの好奇心だろうか？　思わずいらいらした声を発したが、問いかけるようなシャアの視線には、なにも答えなかった。

軽い衝撃音とともに船は着陸する。シャルナはあれこれ考えるのはやめにした。すこし困惑気味のシャルナはシャアとともにひろい着陸場を見まわし、かなりの距離のところでたったひとつだけ動きがあるのに気づく。貨物船の船首部分から、おおいのない満席のグライダーが飛びだしたのだ。

「ひょっとして船にのこってるのはぼくらだけかもしれない」シャルナがおどおどしながらいう。「そろそろ出発しよう……」

「だけど、どこへ?」シャアがたずねる。

そういわれたことでシャルナは自信を深めた。

「まずはどっちにしろここから出なくちゃならない」と、荷役口の端をつかんで跳び降りる。地表はベトンみたいに硬くて、熱をほとんど放出しない半透明のガラス素材でできていた。

「危険はないよ!」シャルナははげますようにシャアに声をかけた。

数秒後、ふたりはならんで立っているが、黒い貨物船の陰になってほとんど姿が見えない。

「どうしたって行くしかない」と、シャルナ。「あっちのほうに建物がもっとあるみたいだ」

シャルナはそういうと、恒星から身を守るために修道服を頭の上まで引きあげて歩きはじめた。シャアはそのかたわらにいる。神官山にはないにおい、奇妙な漠然としたにおいが、ここではいたるところに漂っていた。ひょっとしたらこれが文明のにおいというものだろうか、とシャルナは考えた。ずっと遠くのほうから物音が聞こえてくる。かんかん、ごうごういう音だったり、サイレンが鳴り響く音だったり、拡声器の音だったりする。

　ほんの一瞬、ハウリ人の少年は、すべてが秩序正しく見わたしのきく自分の庵《いおり》よりいいものはないと思う。しかし、その思いは長くはつづかなかった。すたすたと大股で歩きだし、さっさと目標にした建物群に近づく。

　まずは連なるように建っている倉庫をやりすごす。

　その背後に、人っ子ひとり見あたらない道があった。ただ、ある程度の高さでは、貨物用グライダーが自動制御シグナルにしたがって運行していた。積載荷物があるグライダーもあったが、ほとんどは積み荷もなく、目的地がどこともわからない。

「やるべきことは、わかっている！」シャルナは腕を伸ばして、すこしはなれたところの家並みをさししめす。「荷物を積んでないグライダーを追うんだ。着陸地点には人がいるはずだ」

「人？」シャアは不機嫌に訊く。「気づかれたら、ぼくらは山に送り返されるじゃないか」

「ぼくらはまるで目だたない」シャルナがいい返す。かれはテクノゾーンのここにきて、ひるんだりするもんかと決意していた。

　ふたりはからっぽのグライダーを追う。かれは正しかった。広大で平坦な谷底には、おびただしい数のグレイの建物群があった。せまい通りに幾何学的に整然とならんでいるが、生活感がまったくない。

「いったい、ぼくら、ここでなにをしようとしてるんだい？」シャアは訊いた。「ぼくはもうわかんないよ、本当にわかんない……。ほんとだったらいまごろ、教室にすわって支配者ヘプタメルの教えを聞いているはずなのに」

　シャルナは、弟のいってることが正しいと認めたくなかった。テクノゾーンはたしかに異質だったが、山よりおもしろいというわけでもなかった。すくなくともいまはそう見える。だから、

「ほら、あそこに」と、いってみた。「居住用建物のあいだに空き地がある。どうだろう、あそこに行ってみないか？」

　シャアがつぶやくように同意をあらわし、ふたりは住宅街の細い路地を進んでいった。

　十分後、広場に到着。さっきまでからっぽだったグライダーに、いまは、どういうものだかよくわからない荷物が大量に積みこまれている。三十五、六人ほどの大人のハウ

リ人が、流れるように作業を進めている。だれもがあわただしく行動し、シャルナやシャアにさっと目をくれるが、気にとめることがない。

「この人たち、ぼくらが山から逃げだしたなんて、きっと想像もつかないよね」と、シャアがささやく。

「そうだな……行くぞ」

シャルナとシャアは、広場を中心に大きく弧を描き、住宅街からテクノゾーンの奥へとつづく道を進んでいく。遠くの勾配屋根群が、恒星ウシャのぎらぎらした赤い光と、随伴小型恒星アルの白い光を反射している。さらに一キロメートルも行けば、あるのは道と汚い砂漠の砂だけだ。

「見て！」シャアが突然大きな声を張りあげた。

シャルナは振り返ってびっくりした。後方から猛スピードで近づいてくるちいさな光点がある。その光点が、ちいさなアンテナとグリーンのシグナルポイントをつけた、頭くらいの大きさの球体浮遊装置であることが判明する。その装置は、ふたりの頭上すぐのところでとまった。

「危険はないと思うんだけど」シャルナが疑わしげにいう。

数秒後、その考えは完全に揺らいだ。かちっという音がしたかと思うと、球体浮遊装置からけたたましいサイレンが鳴り響く。それを合図にふたりは走りだす。修道服をたなびかせ、息を荒らげて。それでも、その球体浮遊装置はいつもかれらの頭上にあった。

逃げきれないな、とシャルナはすぐに悟った。

「とまれ、シャア。走るのをやめよう！」

ようやくシャアは振り返り、ぎこちない足どりでもどってきて、

「逃げられやしない！」と、けたたましい音を立てる球体浮遊装置に対抗するかのように大きな声でいう。「どうやって、ぼくらのことを見つけたんだろう」

「これからどうなるんだろう？」

シャルナはてのひらとひらを交えるように握って、あきらめの身振りをし、

「ぼくらを捕まえにきたんだ。ぼくら、待つしかない」

やがておおいのないちいさなグライダーが到着した。大人のハウリ人がふたり乗っていて、道端に立ちどまった子供ふたりをぼんやり眺めている。そしてそのうちのひとりが、ちいさな金属製の箱を持ちあげてそれを球体浮遊装置に向けると、すぐにサイレンの音が消えた。

「乗りなさい！」

グライダーできたハウリ人は、もう少年ふたりに一瞥《いちべつ》もくれない。

シャルナはシャアとともにグライダーに乗りこむ。ほかにどうしようがあったというのだ？　いまさらながらに悔しい思いにさいなまれる。グライダーは住宅街、宇宙港、

柵をめぐらしたテクノゾーンをいくつか飛びこえて、ついに砂漠地帯に向けて進路をとった。

「ぼくらをどこに連れていくの？」

ハウリ人の片方が驚いた顔をして、

「もちろん家にだ。神官山にだよ」

「どこから……」

しかし、質問ののこりの部分が発言されることはなかった。大人たちは修道服で少年たちが何者なのか推察したようだが、目下、近くにある山はひとつしかなかった。やがて、じっくり見ると見慣れたあの輪郭が、地平線上に姿をあらわした。とはいえこの距離から自分の家を見るのは、シャルナにとって二度めのことである。神官教師たちはかれらを山のなかのせまくて危険な世界だけに限定し、厳格に管理していたからだ。

グライダーはゲート前の空き地に着陸した。

「降りなさい！」

シャアとシャルナは、不審感もあらわに顔を見合わせ、いわれるままにしたがった。

グライダーはすぐに離陸し、山をとりかこむ土煙のなかに消えていった。ゲートの開口部に動きはなかったが、自分たちが待ちかまえられているということが、シャルナにはよくわかった。シャルナは自分よりわずかに背の低いシャアの腕をとり、暗い開口部へと引っ張っていく。

陰から、背丈が二メートルの痩《や》せた門番が姿をあらわした。シャルナはその門番の顔を知らなかったが、低い声だけは何度も聞いたことがあった。

「お待ちかねだ」

ふたりは手探りをしながら暗い通廊に入る。修道士がひとり待っていた。まだ若いハウリ人に先導されて迷路のような通廊を進み、やがて扉の前に出た。シャルナはここを知らなかった。

どうしたものかという表情をして目の端でシャアを見ると、シャアはてのひらをひろげてわかんないやといっている。

「なかに入って」

そういうと、修道士は引き返していった。

シャアとシャルナは、施錠されていないドアを抜けてちいさな部屋に入る。そこでは十人のハウリ人がふたりをじっと待っていた。シャルナの血のめぐりが勢いを増し、頭にどくどくと押しよせる。このままだと頭が破裂しそうだ。結局、両の足でしっかりと立てるまでに二分以上を要した。

神官教師たち、十人全員が集まっている。

シャルナはシャアとアイコンタクトしようと思って探すが、半暗闇でよくわからない。

壁に灯された蠟燭《ろうそく》が短くなって、うっすらとした光を提供しているだけだ。

革のような暗褐色の神官教師たちの顔が注意を引く。深い眼窩《がんか》の奥にグリーンの炎が浮かんでいる。まぎれもなく興奮のあらわれだ。

「さて、シャルナ、シャア。きみたちは子供だ」

シャルナは息を殺して聞く。言葉の一語一語に身震いするほどの恐怖を感じた。

「きみたちはみずから決断するということがなかったから、子供だった。きょうまでは。ここは神官山でハウリ人文化の最後の中心地のひとつだ。われわれはここで支配者ヘプタメルの教義を、ヘクサメロンの信仰を教えている。ここはわれわれの故郷惑星。恒星ウシャとその随伴恒星アルの第八惑星タルウウルだ。そしてハウリ人の核心部であり、マグフルウ・マグハアの世界のあちこちに居住する兄弟たちの最後の基準点だ。ここにはわれわれとヘクサメロンしかいない……。だからこそ、われわれがどう行動するかが重要なのだ。とても重要だ。それをきみたちにはっきりさせておかなければならない」

ふたりめの神官教師が先をつづける。

「本日、重大なことが起こった。きみたちは自身で決断した。われわれはそれをよしとしていない。しかし、ひとつだけたしかなことがある。それは、このままにしてはおけないということだ」

「ぼくたち、罰を受けることになるのでしょうか？」シャルナが口をはさむ。「テクノゾーンに追放されるのでしょうか？」
「さて……」神官教師は躊躇《ちゅうちょ》する。明らかにシャルナの問いに動揺したようだ。「きみたちは誤解をしているようだな、シャアとシャルナ。テクノゾーンでの生活は劣悪ではない。われわれがここですごすのと同様、便利なのだよ。しかし、きみたちの問いに答えるとしよう。いや、きみたちがテクノゾーンに追放されることはない。しかし、われわれは支配者ヘプタメルの教義に忠実にしたがっているのであるから、きみたちはわれわれのもとにとどまることはできない。

　しかし、第三の選択肢がある。タルウルの砂漠地帯では、十の神官山が移動している。何百もあったうちの最後のもので、ほかのものがどこへ行ったのかだれも知らない。最後の十の神官山の名は、ハアラル、ティイル、ドゥウル、ネミース、タルウル・エス、タルウリ、ウルキイ、エス、ポナア・エス、ジアックだが、これらの神官山にはそれぞれ帰属する使命というものがある。われわれがいるのはネミースだ。われわれはおもに信仰を説いている。きみたちはジアックへ行くのだ。そこできみたちはテクノロジーと生きのこるためのテクニックを学ぶことになる。

　本日よりきみたちはもう子供ではなく、修道士だ。さて、シャルナ、きょうからわれわれはきみをシャルンと呼ぶ。シャア、きみはここで生まれた。さあ、いろいろなことが変わるぞ。きみの新しい名前はシャア・パク・ジアックだ。以上だ。グライダーで連れていってもらうがいい」

神官教師たちは、話はこれで終わりだということをわからせる。シャルナ……いやまちがえた。新しい名前はシャルンだ！……は、頭がくらくらした。神官山はもう十しかのこってないだって？　最後の十なんだって？　これって、不吉の予兆だろうか？　いや、そうではない、これは支配者ヘプタメルの教えなのだ、と考えた。すべてのことが終わりへと向かって進む。終わりは避けようもなく目前に迫っている。

新しいグライダーが待機しているゲートへ、修道士がシャルンとシャア・パク・ジアックを案内する。シャルンにはひとつ悩みがあった。一時間前までは子供としてふるまうことが許されていた。だが、いまはもうそれができない。

2

生きのびる

　ジアックの外観はネミースとほとんど変わらない。どちらも六万平方メートル弱の面積があるいっぽうで、ネミースは明らかにジアックより低い。

「ここはエリート校である」と、神官教師が説明する。「きみたちはそのことをつねに肝に銘じるように。きみたちはもう子供ではなく、修道士なのだ。不出来や不服従は罰せられ、猶予期間はない。ネミースで何人のハウリ人が教育を受けているか知っているか？」

　シャアもシャルンも知らないと答える。

「同時に百五十名だ」神官教師がふたりの着古した修道服を鋭い目つきでじろじろ眺める。「ネミースの教師の数はたったの十人。そのため、個々の生徒に細かい配慮をはらうことはできない……〝はらえない〟というべきだな、誤解のないようにいっておく。

ここジアックでは教師と生徒の比率はまったく異なる。われわれが教えるのは三十名の生徒だけだ。そこでわたしにとっては永遠の謎なのだが、なぜよりにもよってきみたち家出少年ふたりを、そこにくわえねばならないのか、ということだ。

いいかえるなら、きみたちふたりには専属の教師がつくということ。ときには、きみたちはほかの山に受けわたされることもある。そしてきみたちは、日常生活においてきみたちの役割をこなさなければならない。ジアックにはウルヒイトゥとポナアが豊富にある。全員がそれをみずから採取する必要がある。では、行くのだ。カアン教師が、宿舎がどこにあるかきみたちに教え、案内してくれる」

カアンは並はずれて長身のハウリ人で、手足が長く、ほっそりとした顔だちだ。目は、シャルンがこれまで一度も見たことがないほど深くくぼんでいたが、なにも見逃さず細部まで知覚しているようだった。ふたりの若いハウリ人はとっさにかれに嫌悪感をいだいた。

「ふたりともついてきなさい！」

以前の施設と違って、ここは山内部の通廊が明るく照らされていた。どういう部屋か表示のない鍵をかけられたドアがたくさんあり、反重力リフトも数台あった。ネミースにいたとき、シャルンはこのような装置を写真でしか見たことがなかった。最初は贅沢すぎると思ったが、シャフトのひとつで山の最上部領域まで連れていかれ、すこし自意識過剰気味のぞくぞくするような感覚を楽しんだ。

「ここがきみたちの部屋だ」カアンが深い朗吟するような声でいう。「半時間でととのえるのだ」

そういってカアンはシャアとシャルンだけをのこして去る。ふたりは修道服以外には身のまわりのものをいっさい持ってきていないので、やることはほとんどなかった。たがいに会話することもなく、シャルンはむっとした顔でもの思いにふけっている。

カアンが告げたとおりの時刻にやってきた。

「ふたりともいっしょにこい。最初の授業だ。きみたちの教育は、これから先何年も、少人数グループによる通常授業とヒュプノ研修を合わせて構成される。授業内容のほとんどはヒュプノフードを介して教えられることになるが、その応用を意識的に学んでもらう」

あらためて反重力シャフトで目的のフロアへ連れていかれる。カアンは扉を開け、上部に銀色のフードがついたクッション性の椅子がならんでいる列に、ふたりを導く。

「すわるのだ！」

カアンはまずシャルンを、次にシャアを椅子に深く腰かけさせると、フードをおろし、座席をロックした。シャルンはむりやり押しこめられたような感じがして、恐ろしい気がした。だからといってどうすべきだったというのか？　幼いときからいうことを聞くよう教えこまれ、抵抗することなど夢にも思ったことがない。

「できることなら、リラックスするように」

カアンの口が皮肉にゆがんだ。

その瞬間シャルンの心に影が落ち、意識的思考ができなくなる。まるで禁じられた抵抗をしようとでもいうように、指だけが数回引きつったようにぴくぴく動いた。

*

「支配者へプタメルに祝福あれ。あのかたは神々の息子であり、二十の地の支配者である。われわれ、あのかたの言葉に忠実に、〃六の日〃を迅速に終わらせるために努力するのだ。〃一の日〃の終わりに、それまでに起こったことすべてが過去のものとなり、未来のことすべては萌芽のうちにある」

シャルンとシャアは、山の枯死した物質でつくられた長テーブルにしずかについている。そこには八十人近くのハウリ人が食事をとるために集まっていた。そのうち三十人が新規修道者、四十人が教師、十人が子供だ。

かれらは、丈の長い修道服を着、ヘクサメロンの黄金の恒星のシンボルを手にしてテーブルの上座にすわる神官長の儀式的独白を待つ。かれらの前には、ポナアがなみなみと注《つ》がれたふたつきの大ジョッキと、少量のウルヒイトゥが入った深皿が用意されている。

「はじめよう」

シャルンはウルヒイトゥをめいっぱい銀のフォークに巻きつけて口に入れてから、二リットル近いポナアを流しこんだ。口の端からグリーンのミルクのような液体が数滴したたり落ちる。しかし、神官長がいつ食事の終わりを宣言するかだれにもわからないし、そうなると、満足いくまで食べられていなかったとしても、猛烈な空腹をかかえていたとしても、次の食事の時間まで待つしかないのだ。

食事のあいだ、ヒュプノ学習装置で学んだことを考える。それは物理学の初歩的な知識である質量、速度、加速度、慣性といったたぐいに関するものだった。そのどれも、本当に知らないことはなにもなかった。結局のところ、ハウリ人はみな、この種の基本法則を毎日あつかっていたから。したがってシャルンは、このレッスン内容をさらなる教材のための理論的な土台として理解した。

ヒュプノフードを前にしてももう恐くない。最悪なのは最初の一瞬で、あとはおぼえてもいない。

神官長がウルヒイトゥ用のフォークをテーブルに置いた。

ほかの者たちともども、シャルンもそそくさと食事を終える。テーブルの反対側からカアンのとがめるような視線を受けた。そもそも許されているよりももうひと口多くポナアを飲んだからだ。

ようやく神官長が席をたつ。数人の神官教師が小声で語り合い、その声はやがて修道者たちの声と混ざり合って、大音声《だいおんじょう》となった。シャルンとシャアはほとんど口をきかなかった。なにをいえばいいのか？　ふたりはまだ安心感をとりもどせていなかった。

「さあ、きみたち！」

ふたりの前にカアンが立っていた。

「きみたちはここの授業に遅れている。そろそろ次のレッスンだ」

その後の数日、数週間、数カ月にわたって、力学、熱学、光学、電気学を学んだ。そして、設備のととのったジアック内部で実践的な実験や理解度テストをおこない、学習内容を深めていった。

かれらの〝自由時間〟は、たいていの場合、掃除や厨房作業で埋まっていた。とどいたばかりのウルヒイトゥやポナアを手わたされ、ハウリ人の基本の食事を用意するのだ。たいしたことではないが、修行レベルが初歩段階にある修道者や女だけが担当する、時間のかかる作業だった。

かれらの教育のもうひとつの要素は肉体鍛錬である。これまでにシャアとシャルンの身長は二メートル近くになっていて、反射神経を鍛えるに値《あた》いする。カアンは、表面をつるつるにみがいた楕円形の部屋で、かれらと毎日数時間をすごした。かれはふたりに殴りかかり、それに対してひたすら反射的に反撃するよう訓練した。

数年後には、かれらの活動範囲が変化した。シャルンは、理論物理学や実用物理学、化学や生物学に関して見識を深めた。さらには、ハウリ人のなかでも多くの者にはない、ボディコントロール能力を誇っていた。弟のシャアともどもほかの山に応援に行くことが多かったので、それはまちがいない。

あらたな活動範囲には、ウルヒイトゥとポナアの収穫もふくまれていた。

ウルヒイトゥはジアックの峰々に生育する細い蔦《つた》性の寄生植物で、数年刈りとらずに放置すると、山の風洞にまで伸びてしまい、やがてその有機性のローターがもつれて、山全体が地盤沈下することになる。そうなると山はもう立ちあがることができず、餓死してしまうのだ。山の数が十にまで減少してこのかた、何千年にもわたってそんなドラマは起こらなかったが。そこには、ハウリ人と山との共生的関係があった。ハウリ人はウルヒイトゥ植物を短く刈りとり、そうすることでその風洞に住み、そこでポナアを採取するのだ。

ふたりは神官山の尾根をしばしば何時間もさまよった。ウルヒイトゥの新芽を探し、摘みとる。古い株は剪定《せんてい》し、これ以上高くならないように、そして横へ伸びていくようにする。標高の高いところでは冷たい砂漠風が吹きつけるので、ロープでたがいを連結し合うこともあった。採取作業が終わるころには、毎回、たいてい手持ちの籠三つか四つにグリーンの草みたいな戦利品がいっぱいになり、それを持ちかえる。

何度か、山の吸いこみ口をかこむように閉曲線になっている険しい尾根を登ることもあった。そんなときシャルンは、砂漠の砂の上にある自分たちの山を支えている有機性ローターを見おろすのだった。

土台と下層土のあいだには、砂が巻きあげられ、山の扇形器官によって栄養分が徹底的に捜索されるゾーンがある。ヘクサメロンでさえ創造の工夫の点では自然にはかなわないなとシャルンは思い、自分の異端的な思考をシャアに気づかれていやしないかと、ぎくりとしてあたりを見まわす。心配は杞《き》憂《ゆう》に終わった。だがさっき考えたことは消えず、支配者へプタメルの力を信じる心は揺れた。

その後の数カ月間、シャルンはカアンの授業に専念した。教育プログラムはこれまで以上に肉体鍛錬を目的とした。かれらは、何日も何週間もポナアを一滴もあたえられないことがよくあり、カアンがその苦しみから解放すると、ふたりはそのたびに一段階強くなっていった。

カアンが漫然と殴ることはもうない。ふたりは丸腰での護身と攻撃の術を学んだ。あるとき、かれとシャアは密室に閉じこめられ、外部からプシ＝サイバー装置によってパニック放射を投射され、筋道だった思考ができなくなった。その有害な影響を排除してはじめて、かれらは道を見いだした。

ふたりの教育のさしあたりのクライマックスは、〝水使い〟なる者を知ったことだった。

　シャルンと弟のシャアは、ハウリ人の生物学に関して驚くべきことを知った。ポナアには水がふくまれているが、それは胃のなかで消化されないかたちでのこっていて、潤滑剤や微量エレメントとしての働きをするが、濃縮形態で摂取すると致死性の効果をもたらしかねないという。

「麻薬みたいなもんでな」と、水使いは説明する。かれは全身真っ赤な服を着ていて、わずかな笑みを浮かべている。背中に五リットル容器が入った背嚢《はいのう》を背負っていて、中身がちゃぽちゃぽと音をたてていた。「水はきみたちを発奮させる。きみたちの力をすべて解放し、短時間すばらしい働きをすることができる。そうなったら、きみたちはまさしく強力なマシンだ。だが水使いは内面的に燃えつきる。自分の限界を知らず、服用量に応じて対価を支払わなければならない」

「では、なぜ水容器を携帯しているのですか？」シャルンは知りたかった。その問いは師の非難をこめた視線で返された。それでも、シャルンはつづけた。「服用量によっては死をまぬがれないんですよね？　それなのに、どうしてそうするのですか？」

　水使いは驚いたようすで、

「もちろん服用量によっては死ぬかもしれない。だが考えてもみろよ、水による陶酔状態でなにを成しとげられるか！　支配者へプタメルの言葉を知らないのか？　あのかたはいっておられる、命は無にひとしい、と。重要なのはその使い方だ。それしだいで〝六日間〟の進行を早めることができる！　そのためにわれわれハウリ人は働いている。より高い利益が影響を受けるというのに、無にひとしい自分の命のことなど考えていられるか？　わたしの宗教的な地位は高いんだぞ。どこへ行こうとおおいなる尊敬を受けている。さて、これからきみたちに見せようではないか、水に〝実際に〟どのような効果があるのかを！」

　ふたりはカアン、水使いといっしょに訓練室に行く。

　水使いは背中に背負った背嚢から水の容器に口をあて、数回ごくりと飲んだ。ようやくこのときシャルンは合点した、このひとはまさに中毒者なんだと。自分は高い地位の誘惑になど負けず、断じて一滴の水も飲むまいと心に誓った。

「ほら、ふたりとも。受けとめろ！」

　カアンは装塡されたパラライザーを、それぞれに投げた。

「あまり役にたたないがな」水使いがつぶやくと同時に、まさしく姿を消した。シャアとシャルンは、すくなくとも最初の攻撃からは逃れようと、なんとかわきに跳びのいた。ふたりともまだパラライザーを撃つ時間があったが、次の動きだしで水使いがふたりを打ち負かしていた。

「教えを理解できたか？」

ふたりが二十歳になったとき、カアンは最後の過酷なテストをほどこした。

「あすの朝、ヒュプノ学習装置で準備をしておくように。食事はとらないこと、シャルン、シャア・パク・ジアック。この試験に合格したら、きみたちは神官に昇格する」

カアンはふたりを自分たちの部屋に帰らせた。

この数カ月でシャルンは、ヘクサメロンの英知に関して、疑いの念を持ちはじめていた。これに関しては自分は完全に孤独な立場だと感じていて、このことを敬虔《けいけん》なシャアにはけっして気づかれないようにしていた。ハウリ人のたどるべき道は、はたして定められたとおりに破滅へと向かっていいのだろうか？

そもそも自分はまだ神官になりたいのだろうか？

次の日の朝、ふたりは約束の場所におもむいた。カアンはいつものようにふたりをクッションのある椅子にすわらせ、固定する。しかし、今回はなにかが違うとシャルンの本能がいう。まさにそのとおりだった。目ざめるとシャアとシャルンはちいさな楕円形の部屋にいて、ほかにはだれもいない。

暑かった。シャルンの胃は、カアンが数週間ふたりを意識を失ったまま放置していたように感じた。壁は羊皮紙のような素材でできているようで、赤と白の光で輝いている。

「これがテストなのか？」シャアは知りたかった。「これはおそらく……」

シャルンが壁を触ってみる。薄いと感じたところで、押してみた。すると驚いたことに、壁が破れた。奥に灰褐色の切り口が見える。シャルンは両手で周囲の壁を破り、頭の二倍くらいの大きさの開口部をつくった。

「まさか、こんなことが！」と、かれはうめく。「シャア、かれらはわれわれを遺棄したんだ」

　まわりは砂漠、生存を脅かす、ひからびた荒野だった。そして山が残した幅のひろい道は北へとつづいていた。かれらはそこへ帰らねばならないのだ。

＊

「われわれがどんな装備を持っているのか、まずは確認してみようじゃないか」最初のショックから立ちなおると、シャルンはそういった。「ジアックは遠いかもしれない。利用できるものはなんでも利用しなければ」

　ふたりが身につけているのは修道服だけだった。ポケットはたいしてないのだが、そのなかに入っているのはそれぞれ紙切れ一枚のみ。そこには支配者ヘプタメルの教義と、〝信仰を強く持て、さすればきみたちはわれわれのもとに到達できる。多くの者がやりとげた。だが同時に、多くの者がやりとげられなかった、カアン〟という警告が書かれていた。

「かれら、われわれのポケットのなかを探ったんだ」シャルンがいう。

「そうだな……」

「それでも、とくに憤慨するほどのことでもないっていうのか、兄弟」

「われわれ、何者なんだ？　ヘクサメロンの英知を疑うなんて」

　シャルンは大きな声を張りあげ、

「われわれのポケットをまさぐったのはヘクサメロンではない、カアンだ！　これはまったくべつの問題だぞ！」

「今後のためにむだに息をするのはよそう」シャアが簡潔にいう。「結局のところ、ジアックまでどれくらいあるのかわからないんだから」

「シュプールはまだはっきりのこっている」

「たしかに、だが山がのこしたシュプールは砂漠の奥までつづいている。目の前のものはすでにかすれている。急ぐのがいちばんだ」

　ふたりは砂にのこされたシュプールに沿って無言で進む。砂漠は灰色で茶色い斑晶《はんしょう》と、丈が数センチメートルに満たない草原植物がところどころに見える。遠くのほうに低い丘陵が見えるが、山とは似ても似つかない。あの向こうのどこかに、食糧をもとめて北上するコースをとったかれらの故郷があるはずなのだ。シャルンはジアックが近くにあると感じた。だが、これは幻想だろうか？　たしかにこのような勘を養う機会など、これまでほとんどなかった。

その日も暮れようとするころになっても、かれらはまだ山に到達していなかった。猛烈なスピードで進んだけれど、シュプールが鮮明になっているとは確認できない。

「これ以上前進しても意味がないな」シャルンが不機嫌そうにいう。「まず夜営の場所を定めるのが先決だ」

シャアといっしょに大きな石を五個動かし、風を防ぐバリアにした。さらにその周辺から、砂漠地帯唯一の植生である草木を引き抜いた。一部を当座しのぎの壁の詰めものに活用し、のこったもので火をおこそうというのだ。だがうまくいかず、シャアとシャルンはひと晩じゅう身をよせ合ってすごした。

しずかなざわめきが何度も耳にとどいた。だが、そこにはなにもなかった。なにかがあるはずがなかった。

シャルンは、食物連鎖、進化論的事象、そのたぐいのことがらの生物学的事実に関して思いをめぐらした。こういった関連から、惑星タルウルの存在がそもそも説明できるだろうか？　ひょっとしたら、何千年も前の戦争によって自分たちの惑星は荒廃したのだろうか、あるいは生態系への容赦のない介入が現在の状況につながったのだろうか？

日が昇り、恒星の最初の光線で空気が暖かくなってきた。

まず赤い恒星ウシャが姿をあらわす。巨大で燃えるようだ。そして次に、はるかにちいさい白いアルがあらわれた。どちらも地平線を色彩の海で浸している。だがそのスペクタクルはほんの数秒間しかつづかない。空の色合いは沈んだ赤みを帯びた色調となり、あらたな一日がはじまった。

シャルンはシャアとならんで時計仕かけのように歩く。ふたりは、ジアックのひろくうねるようなシュプールを、北へと向かってかたくなに進む。しだいにウルヒイトゥとポナアが切れてきているのが痛感された。動きが重くなり、疲れる。ふたりの有機的な記憶システムが明らかに限界に達していた。カアンの訓練で鍛えられていなかったら、まったくチャンスはなかったろう。

「ひょっとしたらこの節くれだった植物、食べられるかも」突然、シャルンがいう。

シャアは横からいら立ちの表情を見せ、

「われわれはウルヒイトゥとポナアしか食べてはいけないんだ。ヘクサメロンの信奉者なのだから」

「だが、緊急事態だぞ。われわれと同じように〝六日間〟のための準備をしていて、われわれの食べ物を受けつけないほかの種族のことを考えてみたらいい。かれらは飢え死にすべきなんだろうか?」

「わたしにはわからない……」シャアは不満げな表情を浮かべる。「われわれはほかの種族ではなく、ハウリ人だ」

シャルンはもう兄弟の嘆きを気にしない。節くれだった植物を地面からむしり、羊皮紙みたいな外皮をはがし、ちいさな塊りをもぎとった。口にふくんでみると、繊維が多くて水分をふくんでいた。舌に後味がのこった。シャルンはいまいましそうに吐きすて、胃のなかにのこっていたものまで吐きださずにすんだことをよろこんだ。

「この件は忘れよう。これを食べやすくするこつがあるのかもしれないが、われわれ、それを知らない」

次の夜、またもや植物を山ほど集めた。最初の夜と同じように空き地に風よけをつくる。初日に失敗したことをこんどは成功させた。ちいさな火をおこせたのだ。

夜明けすこし前、シャルンはまた物音を耳にした。用心しながら身を起こすと、すっと走って大きな岩と岩のあいだに消えさった影がある。まわりが白みはじめるとすぐにシュプールを探す。あれは現実だったのだ。砂のなかに細いシュプールを見つけた。四つ足動物で、かなり軽い生物だ。残念なことに数メートルしか追えなかったが。

「そこでなにを探してるんだい？」

「四つ足動物のシュプールを見つけたんだ」

シャアが近づいてきて、その足跡を見る。「どうしようというのだ？　ただの動物だろ」

「わたしもハウリ人の足跡だと思っているわけではない。この動物を捕まえて、食べられるんじゃないかと思ってね」

気でも狂ったかといわんばかりに、シャアがシャルンを見つめる。

「わかってるさ。ウルヒイトゥとポナアだよな」

ふたりはふたたび歩きはじめる。正午ごろには、まっすぐ歩くのもやっとの状態になっていた。暑さのせいでシャルンは頭がくらくらしてまともに考えられず、前にもまして支配者ヘプタメルの教義になぐさめや希望をもとめた。とはいえ、それも数時間しかもたず、真の献身から生じるというより瞑想のようなものだった。弟のシャアは自分ほど苦しんでいないんだろうなとシャルンは考えた。シャアは、炎の女神ギルラトゥへの祈りをえんえんと唱えつづけている。とはいえ、自分より体調がよいとはとうてい思えない。

日が暮れてきてようやく苦痛がやわらいできた。

しかし、シャルンはシャアのようには寝ることもなく、風よけのうしろに身を伏せるようにして見張っている。と、午前二時ごろ、またあの影が姿をあらわした。なじみのないハウリ人のにおいに引きよせられたのか、くんくん鼻を鳴らしている。

動物だ！

シャルンは両手にこぶしをつくり、勝利のよろこびを嚙み締めた。わかってたんだ！砂漠にはやっぱり生物がいたんだ。

動物が近づいてくる。脚の細いこの四つ足動物、脚が三つの部分からなり、胴部は山のミニチュアみたいな奇妙なかたちをしている。シャルンはすぐにジアックやハウリ人のほかの居所とのつながりを考えた。パズルのピースはどういうふうに組み合わされるのだろうか？　そもそもいっぽうは他方に属しているんだろうか？

この問いは無意味だ。

シャルンはこぶし大の石をつかむと、左手で重さをはかった。左手のほうが右手より力がある。とっさの判断で石を投げる。渾身の力をこめて投げた石は命中し、動物は前のめりに倒れた。

動物は痛みと驚きが混じった鳴き声をあげ、逃げだそうとするが、シャルンはひとっ跳びでとりおさえた。両手で獲物の頸筋を手探りする。細い軟骨のようなものを感じて、そのいちばん弱い部分をぎゅっと押さえた。動物はうしろ足でシャルンを蹴りあげようとするが当たらない。しまいには、シャルンの両手のなかでぐったりした。

「なにをした？」

「捕まえたのさ」シャルンが誇らしげに返答する。

「食べちゃだめだぞ」

「なにいってんだ！　食べるとも、兄弟！」

かれは素手で動物をさばきはじめた。胃の内容物は発酵した植物で、たしかに、それは前夜に火をつけた植物と同じものだった。シャルンは砂漠の砂地にほかの種類の植物を発見していないのだから、論理的なことだ。

しかばねの開いた傷口から黄色くてどろりとした液体がしたたる。色はともかくとして、それはポナアを連想させた。

ポナアを連想したことで、シャルンの最後の抑制がきかなくなった。まるで長いあいだかくされていた本能が解放されたかのように、動物の筋肉からちいさな塊りを切りとり、貪《むさぼ》るように食べた。そのときかれの有機体に水が入らないようにと願うばかりだった。なじみのない物質が胃のなかで急速に分解され、利用されるのを感じた。

「食べられるぞ！　シャア、こいつ、本当に食べられるぞ！　われわれ、ジアックまで行ける！」

いまや、シャアも抑制をなくした。シャルンはシャアを見つめる。シャアは本当に必要でないかぎりひと口だって口に入れなかっただろう。

数分後、肉の塊りの半分が食べつくされていた。

「われわれ、チャンスをつかんだ、兄弟。ふたたびチャンスをつかんだんだ」

シャルンは壁に守られて横になると、またたくまに眠りに落ちた。半時間後に目がさめる。すべての筋肉が突然二倍になったかのように、全身が変なぐあいにざわつく。いまにも動きだしそうな衝動をおさえるのに必死だった。

「シャルン！」そのときシャアが慎重に声をかける。「やっぱり感じるのか？」

「ああ、感じる。考えられる説明はひとつだけ……」

「動物には水がふくまれていたんだ」

「そして、われわれ、いまやそれを体内に持っている。そうだよ、シャア」

ふたりはしばらくのあいだ隣り合ったまま無言で横になった。しかし、動きだしたいという衝動をおさえるのはむだだと判断し、立ちあがると、ジアックのシュプールを追って北へと歩きだした。星が明るく光っているので、幅がひろくうねるような跡がはっきり見える。

これまでのすべての日を合わせたよりも、長い距離を移動した。しだいに手足に疲労が蓄積してくる。シャルンは水使いがいっていたことを思いだす。やがて、ふつうのハウリ人の能力を超えた一歩を踏みだすごとに、このツケをはらうことになるのだろう。

弟の叫び声で、集中力がとぎれる。

「シャルン！　あそこ！」

伸ばしたシャアの腕の先に目をやる。ウシャとアルが地平線上に姿をあらわしかけており、すでに日の出の光をはなちはじめている。まだ暗さがのこる薄明かりのなかではあるが、シャアが見たものがなんであるか、すぐにわかった。丘の三倍はある長くのびた切り立った輪郭。

「ジアック……」

　シャルンは突然、もう話す力すらのこっていないと感じた。ふたりは最後のひと踏ん張りをし、よろけながらゆっくりと目的地までの半分を進んだ。しかし、ついにそれもできなくなり、丘の端で同時に倒れた。

「シャア」シャルンがちいさな声で、「寝ちゃだめだ、シャア！　ここで寝てしまったらもう二度と目ざめることはない。ジアックはもうすぐそこだ……」

　シャルンは立ちあがり、弟をかかえ起こす。ジアックの山頂がまだ丘の向こうに見えている。ただまっすぐ行けばいいんだ。〈あと一キロメートルだ〉と、かれは思う。水のせいだ。有毒物質がかれのからだに誤った感覚刺激をあたえ、正しい感覚刺激を後退させた。そしてことがうまくいくようになったいま、かれは疲労困憊《こんぱい》状態と、あってほしいと思う持久力のあいだで、あぶない綱わたりをしていた。

　シャアは支配者ヘプタメルの教義をぶつぶつとつぶやき、何度も炎の女神ギルラトゥに助けをもとめた。

　しかし、シャルンはそうする気にならない。死の宗教の手先としてではなく、生きたいと思った。この数分間でそのことがはっきりした。あらたな、これまでかくされていた力が引きだされたのだ。

　最後の百メートルは意識が半分しかないような状態だった。耳に山の有機性ローターの音がとどき、鼻にウルヒイトゥとポナアのようなにおいを感じる。そんなはずはないとシャルンは思った。だが、幻覚でもいい。視界がずっとどんよりしていても、おかげで方向性をたもつのに役だったからだ。

口や鼻のなかで埃《ほこり》が渦巻く。

シャルンが最後にもう一度目を開くと、自分がシャアをかかえて山の端のすぐ下に立っているのがわかった。ジアックが高圧力大気のクッションに支えられて、二・五メートルの高さで軌道を移動している。

二・五メートル。

百メートルだったかもしれない。

はげしい突風にシャルンは足をすくわれ、力なくその場に横たわる。砂漠の砂がかれの口や鼻に入ってきて、薄い粉末状の層でからだがゆっくりとおおわれていく。

異人

3

山岳地帯で秘密の制御ステーションを運営していたナックの故郷惑星ナンサルから、あいつらはこのわたしを追いはらった。怒りのあまり、ちびのアッタヴェンノクとペリー・ローダンという異人を、かれははっきりとは見ることができなかった。なにもかもがあっという間のことだったからだ。ひょっとすると、近ごろ成り行きまかせにしすぎるきらいがあったのかもしれない。

これからは行動をおこすさいには細心の注意をはらおう、とナルモン・アルド・ティイルは決心した。カルタン語で〝短い六日間〟を意味するハン＝シュイ＝クォンのリーダーとして、かれは、どこにも姿をあらわさなかったし、移動してはならなかった。それが、いまや、変わったのだ。

いまかれはハウリ人の故郷惑星であるタルウルへと向かっている。はるか下方に、この惑星に支配的な灰褐色の色合いが見えている。ナルモン・アルド・ティイルは、この下の神官山のひとつで生まれ育ったことを、しばしば懐かしく思いだしたものだ。神官山は、あらゆるハウリ人文化の宗教的・精神的中核を形成している。そこからすべてがはじまった。ヘクサメロンの使命によりマグフルウ・マグハアの諸種族を大きな目標に向けて従属させる行動がはじまったのだ。

そしていま、かれはよりにもよって、おのれの不首尾を報告しなければならない。

ナルモン・アルド・ティイルは、これをまずい事態だと考えている。テクノゾーンで下位の作業を割りあてられることになるだろう。これはもっとも軽い罰だ。なぜなら、いかなる失敗も〝六日間〟の進行の遅延につながるのだから。

ひょっとしたら、生地の訪問をもう一度許可されるかもしれない。ほんもののウルヒイトゥを食べ、ほんものの山から採取されたポナアを飲めるかもしれない。ナンサルのステーションやほかのどこにでもある合成品なんかじゃないほんものを。

かれの宇宙船は、テクノゾーンの宇宙港にある所定の場所に着陸する。隣りには、訓練のために異人をエペルムからタルウルへ運ぶときに使われるようなロボットフェリーが駐機していたが、かれは、それになんの注意もはらわない。

同様に、探知スクリーンにも注意をはらっていなかった。これがかれの最初の正真正銘のミスだ。こうして、追跡者がいることに気づかなかった。

*

「なにがタルカンのような宇宙を異質にしているんだ？」ローダンは修辞的な口調でたずねる。

「ストレンジネス」と、《レダ》はいう。「それは、ストレンジネスです。タルカンの宇宙がわれわれの宇宙と区別されるのは、この異質性の度合いです」

「そうだな、わたしの人間的想像力になにひとつ訴えるものがないにしても、科学的説明だとそういうことになるのだろうな」ローダンは苦笑いをする。「わたしにとってこの宇宙を奇妙なものにしているのは、ストレンジネスなどではない。それは未知なる種族であり、ヘクサメロンの異質な哲学であり、なにより、わたしにはいまだ理解できない諸事象だ」

「きみには考える時間がたっぷりある」

そういったのはちびのアッタヴェンノク、ベオドゥだった。

ローダンはまたもや笑ったが、こんどは苦々しさが消えさっていた。

「いまはもう時間がない。《レダ》、あのハウリ人はどうだ？　かれを探知できているか？」

「もちろんです」ドリフェル・カプセルが機嫌をそこねたような声で、「なにを考えているんですか？　わたしはハウリ人の飛行装置とくらべたらはるかに性能がいいんですよ……いずれにせよ、エンジンに関していえば……」

「のこりの行程はどうなっている？　われわれ、いつ到着するのかという意味だが？」

《レダ》は数秒間沈黙したのち、

「あなたは預言者ですか？　われわれの対象物体は、まさにいまリニア空間を出たところです。もちろん座標は記録してあります。われわれ、すこしばかりナルモン・アルド・ティイルをリードして、反対側から接近できます」

「了解した！」

カプセルにいちいち細かい指示を出す必要がないことを、ローダンはよろこんだ。《レダ》のシントロニクスは、これまでに出会ったどの人工知能とくらべても、はるかにすぐれていた。

「離脱します」《レダ》が告げる。

かれらは、広大で惑星が非常に多い連星系の端で通常空間にもどった。ローダンは探知システムに目をこらす。

「ナルモン・アルド・ティイルは？」

「目下、探知できていません」《レダ》のおだやかな声には、すこしも無念さが感じられない。

「気にすることはない」と、ベオドゥ。かれの音声器官が、カルタン語の言葉とそれに相当するかれの種族固有の言葉を同時に生成して、鳥のさえずりのような音を出す「重要なことは、われわれの〝友〟が、われわれをこの星系に導いたということ。ナルモン・アルド・ティイルは二の次ではないか？」

「いかにも」ローダンは口数すくなく答え、自分とベオドゥのために、《レダ》がモニターに表示したグラフィックスを熱心に見つめる。

連星系の大きいほうの恒星は、スペクトルタイプK8に属しており、質量は、ローダンの故郷銀河の恒星ソルの百七十二倍ある。もうひとつの恒星は白色で、スペクトルタイプF5、質量はわずかに三倍だ。同時に表示されたデータブロックが、さらにくわしい情報を提供する。二恒星は三十二時間十六分でたがいのまわりを回転している。ハンガイ銀河の中心部からはおよそ一万五千光年の距離がある。

しかし、ローダンはむしろ星系の惑星群に興味があった。月サイズのものから巨大水素惑星までのすべてが表示されていて、《レダ》はそれらに番号をつけていき、ぜんぶで六十二を数えた。居住者のいる惑星、あるいは居住者がいるわけではないが利用されている惑星がいくつかあることを、ローダンは一瞥しただけで認識できた。《レダ》の探知ディスプレイ上の特徴的なピークがそれをしめしている。

「危険なく接近できるだろうか？」ローダンは知りたがる。

「と思いますが」シントロニクスの声が答える。「この星系の多くの場所に、分岐点周辺でしか見られない活動性があります。かれらはわれわれに気づくでしょうが、これといった注意をはらうことはないと思います」

「それはどうかな」と、テラナー。シートに深く身を沈めたが、リラックスする気配は見せない。「きみはナルモン・アルド・ティイルのことを失念している。かれがわれわれをこの星系に案内してくれたいま、かれに対する興味はもうないが、かれはわたしに気づいている。異人が宇宙船でやってくると告げるだろう……」

「そうはしないな」ベオドゥが口をはさむ。「きみは自分を過大評価している、ワキアン」

「わたしのことをそう呼ぶのはやめにしないか？　わたしは将軍でもないし、最高司令官でもない。もうずいぶん前からそうではない」

「聞いてくれないか！」ベオドゥは意に介さず発言をつづける。「ナルモン・アルド・ティイルはきみを攻撃したかもしれないが、きみのことをちゃんと見てはいなかった。いったいかれがきみのことをどのように説明するというのだ？　それにかれにはべつの心配事がある。あそこに見えるどこかで、たくさんある惑星のどこかのひとつで、これから地獄の憂き目にあうことになる。かれは失敗した。そして、そのことをハウリ人は好まない」

「ひょっとしたらドリフェル・カプセルの説明で充分かもしれない」

「かれはわたしをちゃんとは見ていません」《レダ》が断言する。

ローダンは不機嫌に鼻を鳴らし、

「まあ、よかろう」と、いう。「わたしが自分を過大評価しているときみたちはいうんだな。そうだとしたら、きわめて悪影響をおよぼす可能性がある。しかし、実際にはそうではない。きみたち同様、わたしはナルモン・アルド・ティイルに、われわれがこれからどういう行動をとるかということ以上に気になることがあればいいと思っている。だが、ヴァッロ・パク・ドゥウルはどうだ？　わたしは長いあいだ、惑星ベンタングでかれといっしょにすごした。かれは人相書きを公布し、それをハンガイじゅうにひろめることだってできるだろう」

ベオドゥがふくみ笑いをする。

「自分自身を見たらいい、ペリー」と、いって、片手をローダンの足に置き、反対側の腕をローダンの髪の生えぎわに触れるくらいまで高く伸ばす。「これがきみだ、頭のてっぺんから足先までテラナーだ」それから両腕をからだを抱きかかえるような仕草で揺り動かす。「そしてこれがハンガイだ。恒星や惑星が何百万もある。どの居住惑星にもヴァッロ・パク・ドゥウルみたいなのが何人かいる。たしかにそのような公文書が出まわる可能性があることに疑問の余地はないんだが、ワキアン。しかし、さいわい、ハウリ人はまだそのことを知らない」

ローダンは思案顔でちびのアッタヴェンノクを見つめる。その間にアッタヴェンノクは長く垂れさがったマントをたくしあげ、腰のところでベルトを締めた。こういう状況ははじめてではない。見知らぬ銀河や見知らぬ宇宙に遮断されていても、日常生活に変わりはあろうか？　およそ六百年前、ナウパウム銀河にいたときも、友を見つけた。そして、ありとあらゆる経験と知力を駆使して帰り道を見つけた。きょう、明らかな誤解を正そうとする友に対して、気分をそこねた反応をしめすなどということが許されようか？　いや、絶対にそんなことをしてはいけない、とテラナーは思った。

「きみたちのいうとおりだ」と、かれはいう。「この星系のことだけを考えよう。レダ、われわれ、三週間前に通信メッセージを傍受したが、おおよそハンガイのこのセクターあたりに向けて発信されたものだった。で、どうだ？　ヘクサメロンの中央基地が、推測どおり本当にここにあるか、判断できるか？」

「まさにそのとおりです」《レダ》の声が、ドリフェル・カプセルのせまいコントロールルームにおだやかに響きわたる。「いずれにせよ、通信メッセージが送信された方向においてほかには居住星系がありません。確率は高いといえます。また、ナルモン・アルド・ティイルがここにもどってきたわけですから、そういってさしつかえないかと」

「たしかにな」ローダンは認める。「あらたな情報はあるか？　きみは通信メッセージを傍受したか？」

「ええ」と、カプセルは答える。「前方に見える二重星は、ハウリ人の言語でウシャアルと呼ばれています。第一の赤色巨星はウシャ、白い恒星はアルですので、ここはウシャアル星系です。交通量が多いです。センサーがあらゆるサイズとタイプの船舶、貨物船、戦闘艦、偵察船、そしてかなりの数の民間宇宙船を確認しています。とはいえ、ハウリ人のものが圧倒的多数をしめています。戦闘艦はすべてハウリ人のものです」

「どんなところだ？」ベオドゥが固唾《かたず》を飲んでいう。「あそこに飛んでいって、見てみたくないか？」

「おちつくんだ」ローダンがアッタヴェンノクの行動衝動をなだめる。「基本的にわれわれを駆りたてるものはなにもない。まずはウシャアル星系を外から見る時間は充分にある」

「では、外惑星のひとつを観察場所にしてもいいと考えていいでしょうか？」《レダ》が確認をもとめる。

「そうしてくれ！」

ローダンはメインモニターの横にあるデータ表示を見て、目がはなせなくなった。ヘクサメロンの致死的な教義についてすべて知りたいと思う。自分の故郷銀河に、ハンガイ銀河といっしょになにが持ちこまれたのかを知りたかった。そもそもそこにこそ、ローダンがここで行動を起こす主たる動機があり、たまたま知ったディテールがかれらの命を救うことになるかもしれない。

＊

観察場所にしたのは、利用されることもない荒涼とした岩塊で、二重星から百七十億キロメートルはなれた大気のない軌道を周回している。《レダ》はそこから星系内のコード化されていないすべての通信メッセージにアクセスできた。

とくに内惑星は、活動の大部分がその領域に集中していたので、ローダンの注意を引く。十五番めの惑星には、ハンガイ銀河を構成する緒種族がすべて集まってきていた。ヘクサメロンに奉仕したいと考える者は、そこでチャンスを見いだすのだ。その惑星はエペルムといった。

「ペリー……」《レダ》の合成音声が興奮して響く。「あそこになにかあると思います」

「すぐ行く！」

八番めの惑星もローダンの注意を引いた。タルウルと呼ばれているハウリ人の故郷惑星で、それだけでも訪れる価値があるとローダンは考えた。この先可能なら立ちよることになるだろう。タルウルは砂漠だらけで、気温と大気をのぞけば、生活環境は想像を絶するほど劣悪だ。

「どうした、《レダ》?」

返答するかわりに、カプセルは、第五惑星の完全なデータレコードをメインモニターに表示した。そこにはなにか特別なものがあった。第五惑星の軌道は、人為的に動かしているかのように、ほかの惑星の平均軌道面に対して急な角度で傾いている。ローダンは、アルコンの三惑星や、知的種族の傲慢さのほかの例証を思い浮かべた。今回は、だれがこんなことを引き起こしているのか? それとも、思いちがいだろうか?

「惑星軌道に人為的な手がくわえられているのか?」かれは知りたがった。

「それはわかりません。でもべつの重要なことが」と、《レダ》は惑星の周囲に赤い球状のゾーンを引いた。「ちなみに第五惑星はチェオバドという名前で、立ち入り禁止領域の中心部にあります。ここへの飛行を許されている宇宙船はごくわずかで、例外なくハウリ人の船です。軌道上には静止状態の警備艦隊さえいます」

「それだけか?」ローダンは拍子抜けしたようにいう。「もうそれ以上ないなら……」

「待ってください! もっと〝あります〟!」

「出し惜しみするな!」ベオドゥが鋭く耳ざわりな口笛のような声でいう。

「いいでしょう、これでデータをごらんになれます。チェオバドではきわめて驚くべき数の実験がおこなわれていて、しかも、高周波および超高周波のプシオン・エネルギーを使用しています。そこから不規則な噴出が見られました。シールドが不充分なためか、それともその噴出に特定の目的があるためなのか、わたしには判断できませんが、チェオバドでは最大限の努力を費《つい》やして、極端なまでの秘密主義でとりくんでいる実験が進行中であると確信します。これは、われわれが傍受活動をしているあいだ、惑星から通信メッセージが一件も出されていないという事実によっても裏づけられます」

　ローダンは数秒間考えてから、

「よし」と、決断する。「チェオバドを、調査すべき目標としておこう。間接的に進めるのが最善だ。まずはエペルムを詳細に調べるとしよう。ここが本当に非ハウリ人生命体のコンタクトポイントであるなら、ベオドゥやわたしが目だつことはない。われわれ、ヘクサメロンの奉仕に入りこめるかも……」

　ローダンはユーモアのない薄ら笑いを浮かべ、

「では、エペルムへ向かうとする」

　ドリフェル・カプセルは殺風景《さっぷうけい》な岩塊をあとにし、低速でウシャアル星系を出て、目標とのあいだに数光年の距離を置く。あらためて接近を開始するが、今回は異なる方角から迫り、対探知対策をとらずに正式に通常空間に入った。制御システムがかれらのアプローチコースを引き継ぐ。

*

エペルムは大きくて、良好に呼吸できる酸素大気圏があるかなり涼しい惑星だ。気温はテラの平均より四・五度低く、重力はわずかに高い。着陸のために下降していきながら、ローダンは、住みやすそうなところだなと思った。

共通語はハウリ語で、ローダンはトランスレーターを使わないと理解できないし話すこともできないが、ハンゴル語も話されている。

かれらの目的地は、広大でとほうもないほど混み合った宇宙港だ。上空からは、ふつうのテラナーが一生涯に見るよりも多くのタイプの宇宙船を目にしたし、敷地の周囲にはカオスに直面して過度な要求をされているいくつもの管制塔がそびえている。

《レダ》は注意をはらわれることなく指定された場所におりた。

メインスクリーンに、隣接する船が分割表示されている。奇妙な多面体が二隻。その傾斜した壁で、クラゲ状生物が明らかにメンテナンス作業をしている。黄色とオレンジ色の保護塗料を塗った穴の開いた細いシリンダー状の船、さらには小型の宇宙船もあったが、ローダンはそれを見てカルタン船だとみなした。

「見ろ」と、かれはつぶやく。「ここにもカルタン人がいる」

「そしてヴェンノクも」ベオドゥが、右腕で、胴の膨《ふく》らんだポンコツ貨物船をさししめしながらつけくわえる。

ローダンはものもいわずにネット・コンビネーションを着用しはじめた。グラヴォ・パックによって移動の自由度が大幅に向上するし、ピココンピュータは話し相手になるうえ、高性能コンピュータとして機能する。ほかにも、ドリフェル・カプセルの武器庫からとりだした、必須アイテムである通信装置、低出力コンビ銃、マイクロ爆弾が装備されている。

これとくらべたらベオドゥの装備はやや劣るが、それでもマントの下に反重力装置をそなえた多目的コンビネーションを着用している。

「さらにいくつか観察結果を知りたいですか？」《レダ》が訊いた。

「もちろんだ、さっさといってもらいたい！」

「エペルムにはさまざまな都市がありますが、この着陸場の端からはじまるこの都市はエペルストと呼ばれています。特定の技術要件を持つ酸素呼吸生物しか受け入れていません。ちなみに、われわれは疑わしき受験者に区分されています。エペルストは利用可能な居住スペースと安全機能の両方において、そうしたものたちに対処できるよう作られています。それゆえ、ゆきすぎた行動をとらないように」

「ほかの諸都市はどうなんだ？」

「それぞれがべつのことに特殊化しています」《レダ》が返答する。「水棲《すいせい》住民のための水槽住宅地、メタン呼吸生物用のドーム、そしてそのほか可能性のあるものはなんでもあります。さらには原始生命体専用の特殊な領域まであります。もっともわたしには、ハウリ人がそういうものに、どうして興味があるのかわかりませんが」

ローダンにも想像がつかない。しかし、当面はべつの問題がある。かれはベオドゥに合図して外側エアロックに入る。次の瞬間、排気ガスやそのほかのにおいが混じり合った、冷んやりした、どこかかび臭い空気にとりまかれた。

ローダンは跳び降りた。数秒後に、ベオドゥがつづく音が聞こえる。

「バスやグライダーのサービスはないようだな」ローダンはあたりを見まわすが、期待したような施設は見あたらない。

「まちがいだね、ペリー！　ほら、うしろ！」

遠くのほうに、宇宙船がとまっていない空いたスペースがあるのがローダンにも見えた。まさにちょうどそこから、オープン・グライダーが管制塔の方角に移動していくところだった。

ローダンとベオドゥは徒歩で移動する。どうしてもという状況にならないかぎり、着ているスーツの技術装備品に関して他者に知られる必要はない。十分後、ふたりは待機場所に到着したが、まだ二機めのグライダーがやってきていない。

標識のあるゾーンに異人がひとり立っている。背丈は三メートルあり、腰のあたりから四本の細い触手腕をぶらぶらさせている。おそらく到着したばかりの船に乗っていたのだろうとローダンは思った。

「やはりグライダーを待っているのですか？」ローダンはハンゴル語でていねいに訊いた。

異人の返答はうなり声だけだったので、ローダンは次のグライダーがくるのを辛抱強く待つことにする。大男のメンタリティを知らないから、相手に押しつけがましくはしたくなかった。

しだいに乗客が集まりだし、数が増えてきた。会話を聞いてわかったのは、かれらはみなエペルムに不慣れで、ここにくればヘクサメロンに奉仕できるだろうと思い、やってきたということだった。みなが宗教的な動機を口々に述べるが、それが本当なのかどうか、ローダンは判断するつもりはない。いずれにせよ、情報はありがたく受けとっておく。最初にやるべきなのはまず自分が順応し、さらなる行動を正確な知識にもとづいて起こすことなのだから。

一時間待ってようやく次のグライダーがやってきた。それまでのあいだに待機場所にはかなりの数の異人たちが集まっていたが、ローダンのよく知る種族はいなかった。そうそうないことだが、自分はこの宇宙でこんなにも孤立しているのだと意識した。

グライダーは、宇宙港敷地内の端にある低層建物の前で停止する。

ローダンは、ベオドゥやほかの乗客たちといっしょに、アスファルト舗装路に跳びだして、次はどうなるのかと待つ。グライダーはとっくに機影を消している。しばらくすると、建物中央部の金属製扉からひとりのハウリ人が出てきた。身長二メートル、肌は革のようで褐色、目も褐色で深くくぼんでいる。

「このドアの前に一列にならぶように！」朗吟するような声で命じはしたが、どうでもいいという感じだった。「そうしたら、なかに入ること、順番に」

二時間半ほど待たされ、ようやくローダンとベオドゥの番がまわってきた。通廊の突きあたりにある部屋に入る。部屋は、建物同様、天井が低く、ずんぐりした印象をあたえる。

目の前の事務机にひとりのハウリ人がすわっていて、「エペルムでなにがしたい？」と、訊いた。

ローダンはベオドゥにちらっと目をやり、返答を引き受けた。

「ヘクサメロンの奉仕に参加したい、ついては……」

「もういい！」ハウリ人が無愛想に話の腰を折る。「わたしが知りたいのは、どうしてヘクサメロンの奉仕に参加したいのかということだ」

その問いに足を引っ張られることはなかった。すでに多くの時間をハウリ人とともにすごしたので、こういうタイプの宗教的熱狂者に正しい答えをする術を心得ていた。

「それは信念です」と、もったいぶって答える。「われわれは〝六日間〟の道を信じ、支配者ヘプタメルの力を信じ、そしておおいなる目標の精神で行動する義務があると考えています」

最初ハウリ人は驚いて、数秒間なにもしゃべらなかった。どうやら、これほどまでに信頼にたる雄弁を前にするのは、めったにないことだったようだ。しかし、すぐにかれはきっぱりといった。

「その話し方はまるで暗記でもしてきたかのように聞こえる」そしておもしろがるように、ローダンの頭のてっぺんから足先までなめるように見て、「どこの出だ？ きみのような者をいまだかつて見たことがない」

ローダンは憤慨しているふりをした。

「わたしの故郷はハンガイの東の果てにある。だからといって、ヘクサメロンの教えがそこまでとどいていないということではない！」

「ハウリ人のわたしに説教でもしたいようだな」

「いいえ、まさか、そんな。われわれの望みはただひとつ、エペルムに泊まれるところを見つけて、雇用関係を得るべくつとめたいだけです」

「きみたちは信用ならない。だがまあそれはたいしたことじゃない。おれは、きみたち不信心者や棚ぼたをもとめる無責任な者たちのすべてを、通過させなければならないんだから。エペルストに行くのはいい、だが、当然だが宿に泊まるには金《かね》がかかる。きみたち、金もなければ、金目のものもないんだろう？　そうなら、債務証書にサインすればいい。おそらく実りのないここでの滞在の果てに、鉱山惑星で借金を返済することになるさ」

ローダンは大声をあげて笑いたいところだったが、結局のところ、ハウリ人の的はずれな推測に満足していた。

「われわれをみくびっている！」と、かれはいい切った。「エペルストでの宿賃はまかなえる。対価としてこれではどうだ？」

そういって、《レダ》のひどくせまい部品倉庫から持ってきた振動結晶体を事務机の上に置いた。

「なるほど、これならたりる」黒い瞳に不審感が浮かんだが、すぐにそれは消えた。ハウリ人はかんたんな装置を使って振動結晶体をテストすると、それを胸ポケットにしまい、二枚のプラスティックプレートをとりだした。コンピュータを使って、ローダンとベオドゥの必要データを書き入れた。「このカードをなくさないように。クレジットカードとIDカードの役割があるからな。あのうしろのドアを抜けたらエペルストに行ける」

ローダンとベオドゥはひとことも発せずに背を向け、指示された通廊を進んだ。そして建物のうしろの端にあるスイングドアにたどり着く。

ここの向こうがエペルストだ。町はほとんどが大地の色に塗られた低層住宅で構成されており、せまい通りには驚くほど多様な知的生物がひしめくように暮らしている。ローダンはこういう状況を想定していなかった。惑星エペルムでは、基本的な生活タイプに応じてそれぞれ専門的に受け入れる都市が用意されているのではなかったか？　しかし、《レダ》はそれ以上のこともいっていたではないか。自分たちは疑わしいとみなされている、と。そのことをテラナーはいま思いだした。疑わしく思われた原因で思いあたるのは、ドリフェル・カプセルの見慣れぬ形状くらいしかない。したがって、エペルストは不審者が集められた都市なのだ。

「ここでどうやって宿を見つけろというんだ？」ベオドゥが気の弱いことをいう。

「かんたんなことだ、相棒、訊きまくればいいのさ。ヴェンノクやアッタヴェンノクが通りかかったら、訊いてみるのがいちばんだ」

両者はたいらな壇に腰をおろし、通行人が急ぎ足で行き交うのを見ていた。エペルストではだれもが時間や仕事に追われているように見える。その多様性にもかかわらず、エペルストの住民のほとんどがいわばヒューマノイドといっていいのではないかと気づく。二本足で歩き、腕を二本持ち、多少なりとも頭蓋骨と確認できるものがある。ただそれだけのことだが。

「あのうしろ！」ベオドゥが興奮して大きな声を出した。「アッタヴェンノクだ！　わたしが訊いてみる。きみはここにいてくれ、ワキアン」

　ローダンはベオドゥのいうことにしたがい、友が同種族人と話すのを興味深く見守った。アッタヴェンノクはヴェンノクの縮小版とみなされていて、かれらの原種族だ。背丈は一メートルにも満たず、肌にはしわがよっていて、ざらざらした水気のない皮のように体からぶらさがっている。ベオドゥともうひとりのアッタヴェンノクは甲高《かんだか》い口笛と舌打ちのような音を口吻《こうふん》のような口から出して、たがいに挨拶をかわした。退化したふたつの頭翼の端にある目はたえず動いていた。ベオドゥが話している相手は、着ているものから見て、女性であるとローダンは認識した。

　会話は長くはなかった。ベオドゥは興奮したようすで相手に背を向け、人混みのなかをとおりぬけてローダンのほうにやってきて、隣りにすわった。

「あの女、とても不親切だった」と、かれはいい、それでもすこしおちつくと、「でもまあすくなくとも、どこに行ったら宿を見つけられるかは教えてくれた。いっしょに行こう、連れていく」

　テラナーはひとこともいわずにちいさな友にしたがう。宇宙港エリアの端に沿ってはしるせまい路地を何キロメートルも歩き、ようやく人通りのすくないわき道に入った。両側にならぶ建物はほかのエリアと変わらず低層のものばかりだが、一時しのぎの性質のものだと、ローダンは気づいた。かれの目には、エペルストは急いでつくりあげられたように見えた。

「ここだ、ペリー」

ベオドゥはまるい建物をさししめした。窓がほとんどなく、扉はひとつしかない。

「気にいったとはいえない」と、ローダンがいう。「とはいえ、われわれに選択肢があるわけでもない。入ろう」

宿のフロントにはハウリ人の老人がすわっていた。からだを前かがみにしているし、肌はグレイがかっていて、口といったら細いしわの裂け目のようだ。

「わたしはヴァック。なにか用かな？」

「われわれ、エペルストにきたばかりで、宿を探している」

「クレジットカードを」

ローダンもアッタヴェンノクの友も、ヴァックにプラスティックカードを手わたす。

「そうですか。あんたたちの名前はローダン……」と、テラナーをみすかすような視線でじろりと見てる。「……それとベオドゥ。まったくの未知種族とアッタヴェンノクが一名。この宿にようこそ。部屋までロボットが案内する。カードはお返しする。トラブルを起こさないように。来週中に最初の試験を受けなければならないのは知っているかな？」

「それは知らなかった」ローダンは用心深く答える。

ヴァックがくすくす笑う。

「そう……みんなおんなじなんだ。惑星エペルムにきた者たちはみんな、なんの前提条件もなしにヘクサメロンの奉仕に参加できると考えている。しかし、ことはそう単純じゃない。支配者ヘプタメルの部隊に入ることを真剣に望む者は、適性を証明しなければならない」

「われわれには適性がある！」

「みんな、そういい、そしてそのとおりのこともある。しかし、あんたたちは腕のいい技術者かね？　闘士あるいは兵士としてどのように戦う？　そしてこれがいちばん大事な点なんだが、〝六日間教義〟は本当のところあんたたちにとってなにを意味する？　あんたたちの信念はゆるぎないものかね、ローダンとベオドゥ？」

「ゆるぎないとも」ローダンは確信をよそおう口調で答えた。「それに、われわれ、すぐれた技術者であり、兵士でもある」

「あんたたちには、それを証明するチャンスがある。準備ができたら、わたしにそういってくれさえすればいい」

ヴァックは身をひるがえして去り、ロボット案内人がふたりを引き受ける。

それはちいさなアンテナとグリーンのシグナルポイントが装着された、頭くらいの大きさの球形浮遊装置だった。浮遊しながらふたりの前方を進み、宿の奥のほうにあるちいさなふたり用の部屋への道をしめす。ドアにはオートロックはなかったけれど、バネ錠がついていた。ロボットがいなくなるとローダンが、

「ようやく着いたな、ベオドゥ。偵察するのはあすにしよう。わたしは疲れた、きみはどうだ？」

ベオドゥは顔をゆがめてしかめっつらをした。ローダンはそれを笑顔と解釈することを学んでいた。

「まるで、働いていたかのようだ、ワキアン。そして、そのとおりなのかもしれない」

ローダンはひとことも発せず、かれが使うせまいベッドの上にからだを伸ばす。

「どこかに盗聴器がかくされているか？」ネット・コンビネーションのピコンピュータにささやくように訊く。

小型コンピュータは数秒間沈黙していたが、

「だいじょうぶです。その兆候はありません」

ようやくローダンは緊張を解く。

「この部屋はクリアだ、ベオドゥ。われわれ、安心して話せる」

「いまは眠るほうがいい」

「まさにそうだな、わが友」

ゲシール、アトラン、そして遠くはなれたすべての古くからの友たちのことを考えながら、ローダンは横を向いて眠りについた。あすはあらたな一日がはじまる。

*

「夢を見た」ベオドゥがいう。

ローダンはすぐには答えなかった。ピココンピュータがまだ監視の目を光らせていないことを確認してから、「昔の夢か？」と、訊いた。

「そう、よく見る夢なんだ。砂におおわれた単調な平原にふたつの存在がいる。ベングエルとジュアタフ・ロボットだ。わたしはかれらに近づく、するとかれらは電光にあたって死ぬ。これはわたしのせいだ。だがわたしは、そのふたつの死をよろこぶべきではないのによろこんでいる。たとえそのうちのひとつがロボットであったとしても」

「その夢の背後になにがひそんでいるのか、そのうちわかるさ」ローダンはなぐさめるように答え、ベッドの端からぶらさげた脚を振って立ちあがる。併設されている隣りのちいさな部屋の壁から、自動供給装置の三つの注《そそ》ぎ口が突きでている。ローダンはまず最初のをためしてみると、変なにおいのするどろっとしたジェルが出てきた。ふたつめから出てきたのは白い粥《かゆ》だと、ネット・コンビネーションに分析させてわかった。三つめからは水が出てきた。すべて、床の穴に跡形もなく消えた。

「粥は食べられます、ペリー」数秒後にピココンピュータがいう。「何カ月もつづくのでないかぎり、それを食べていれば深刻な栄養失調にはなりません」

ローダンはまず水を使ってとりあえずからだをきれいにし、ほんの少量の粥をやっとの思いで飲みこむ。コンディションはよく、その日の要求に耐えられると感じた。

「終わったか、ワキアン？」

「もちろんだ、ベオドゥ！」

ローダンは小部屋を出て、思案顔でベッドに腰かける。隣室からぱしゃっという水が飛び散る音が聞こえてきた。次にうんざりした感じの叫び声がした。どうやらベオドゥがジェルをためしてみたようだ。それとも逆か？ ベオドゥはアッタヴェンノクで、テラナーとは異なる種族だ。白っぽい粥はかれの口には合わないかもしれない。

「ペリー、《レダ》です」

ローダンはかしこまったようにすわる。ドリフェル・カプセルからだ！

「どうした」と、応じる。

「一時間前からハウリ人の部隊がわたしのまわりをうろうろし、侵入を試みました。阻止したら、いまはもういなくなりました」

「この事実、どう分析する？」

「撤退していったことですか？ とてもかんたんです。たとえば、わたしを爆破するつもりとか？」

「わたしはそうは思わない。そもそも、なぜかれらはきみに探りを入れたんだろう？」

「わたしにはそんな価値はないとでも？」《レダ》はこなまいきないい方をする。「それに、ひとつお忘れのようですが、あなたがヘクサメロンに奉仕するようになったら、もうわたしのことは必要ないと、かれらは考えているのです。論理的にいえばそうでしょう？　かれらは処理班のようなものです」

　この情報をローダンは考え、これからの数日間に自信がなくなってきた。

「わたしも終わった」

　かれの前にベオドゥが立っていた。自分がうわのそらでぼんやりしていたことに、ローダンはまるで気づいていなかった。

「一度じっくりエペルストを見てまわろうか？」

「もちろん」と、ローダンは答える。「ヴァックが、正式な手つづきなしでわれわれを外出させてくれるといいのだが」

　ローダンの希望は裏切られた。

　昨晩と同じく、ハウリ人の老人は低層棟の入口にすわっていた。

「おやおや、新来の客人。ちょっと待ってほしい、話しておくことがあってね」

　ローダンとベオドゥは受付カウンターの前にならんで立つ。

「どんな話かな？」アッタヴェンノクはペチャペチャと鳥のさえずりのような声を出して訊いた。同時に、それをハウリ語に自動翻訳した音声が流れる。

「あんたたちの宇宙船のことだ」ヴァックはふくみ笑いをしながらふたりの反応を勘定高く品定めをし、「もっとちゃんと調べようとしたんだ。ヘクサメロンの奉仕についたら、あんたたち、もう宇宙船は必要ないだろうと思ってね。だが、できなかった。カプセルに脅されたんだ、われわれを攻撃するとね」

「どの程度まで？」

「バリア・プロジェクターや、われわれが武器とみなすもろもろの機器を作動させた」

「それは申しわけなかった」ローダンは神妙にいう。「しかし、《レダ》はプレゼントされたもので、わたしでさえ完全にはコントロールできない。あれにはあれ独自の意志というものがあって」

「じゃあ」と、ヴァックはみじろぎもせず応じる。「あんたたちが本当に試験に受かったら、その意志とやらをぶち壊す方法を教えてもらおうか」

「そのことは約束しよう」ローダンは冷や汗をかいたが、なんとか自制し、これといった目に見える動揺はおさえて先をつづける。「だが、われわれが試験に受からない可能性もまだあるわけだ。正しく理解してもらいたい、ヴァック。そうなったらわたしとわたしの友にとっては大惨事だが、そのときはカプセルを使ってハンガイの辺境領域までヘクサメロンの言葉を伝えようと思っている」

　ヴァックはひとことも信じてはいない。いずれにせよローダンはヴァックの乏しい表情をそのように解釈した。あるいはそれは、プロフェッショナルな秘密工作員の不審感だったのかもしれない。あるいは、自身の立場に対する怒りだろうか。

　ローダンはベオドゥといっしょに宿をあとにした。エペルムの基準によると、ちょうどランチタイムがはじまったばかりだ。路地にひとの動きはなく、かれらは宇宙港のほうへ向かうことにした。五分もしないうちに、きのうは人混みであふれかえっていたあの路地に到着した。きょうはあまり問題がない。宇宙港の正面入口までの道々、カルタン人やヴェンノク、さらにほかのヒューマノイド系の種族に遭遇したが、だれからもじゃまだてされなかった。

「あそこ！」と、ベオドゥが大きな声でいう。「運がよければ、プロの情報屋に出会えるかもしれない。そうしたら、体系的に見てまわれるかもしれない」

　ふたりはしばらくのあいだ細い路地の喧騒《けんそう》を眺めていた。すぐにローダンは一ヴェンノクにねらいをつけた。そのヴェンノクはつねに動きまわっていて、ときおりとおりすがりの者に話しかけるのだが、遠くへは行かない。

　かれはベオドゥにそのことを教え、

「あそこにいるヴェンノクがわかるか？　プロの情報屋がいるとしたら、それはあいつだ」

「なるほど……」ベオドゥは長く伸ばすように口笛を吹き、「ここで待っていてほしい、わたしがかれと話してくる」

ローダンは低い壁の縁に腰をおろし、ふたりの頭翼人から目をはなさない。ベオドゥは相手をわざといきりたたせているように見える。だがローダンは、同種族の二存在がどんなふうにふるまえば部外者をあざむくことができるかを知っていた。とうとうヴェンノクがぎっしり印刷されたフォリオ何枚かを手わたす。かわりにベオドゥのクレジットカードを受けとり、多目的ペンを使ってある一定金額を引き落とす。

ローダンは好奇心をあらわにアッタヴェンノクを見て、

「どうだった？」

「上々」ベオドゥは腰をおろすとそういう。ローダンに二枚のフォリオを手わたし、のこりを自分の手もとにとっておく。「さっきのヴェンノクは、情報屋を自称していた。かれらにはしっかりしたネットワークがあって、もちろん非公式のものだが、容認されている。これは正規の市内地図のコピイで、もうひとつのほうには、試験に合格するためのヒントが書かれている」

ローダンは讃辞の気持ちをかくさなかった。

「最善の準備ができたな。で、ディーラーにはなにをわたしたんだ？」

「主として装備品で、あとは偽の居住許可証だ」

「まあ、よかろう。ひょっとしたら、あとでとりあげることになるかもしれない」

それからの数時間、ふたりはエペルストをへめぐった。とおりすがりの者たちに声をかけることはせず、できるだけ都市の全体像を把握しようとした。住居というよりは地下壕のように見える、低層でまるい家だけが立ちならぶ一画もあれば、じつに居心地のいい地区もあって、そこには入れ子式に、木のような素材でできた小屋があった。

さらには驚くほどひろびろしたエリアもあった。ローダンとベオドゥは、テラのサッカー場ほどの大きさの空き地を見つけた。どうやら集会や公的な催しに使われるものだろう。

その日も終わりかけたころ、ふたりは大聖堂のような建物の前にいた。形状は長くのびていて、まるで古い砂漠の岩石でできているかのように摩耗していた。数段の階段が唯一の入口であることをしめしている。

ローダンの手もとにある市内地図によると、この大聖堂は〝タルウルへの門〟と表記されている。

「なにかが起こるまでここで待とう」と、ローダン。「興味がわいた」

「どうして？」

「ウシャアル星系外から《レダ》が観察していたのをおぼえているか？　タルウルはハ

ウリ人の故郷惑星だ。ここがその名のとおりの場所なのかどうか知りたい」

「そんなことあるはずがない」

「まさにそれをたしかめるのさ。ここにはなにか特別なものがある。わたしはそう確信している」

なにかが起こるまで、ふたりは四時間待たねばならなかった。そしてそのことひとつをとっても非常につねならぬことだった。とはいえ、ローダンがそのことを知ったのは、それから数日がたってからのことだったが。

大勢が乗った二機のグライダーが、すぐ近くの角を猛スピードで曲がってきた。二機は大聖堂前でとまり、乱暴に着陸し、ハウリ人の乗員を機外に出した。半時間が何事もなく過ぎる。だがやがて入口が勢いよく開き、種族の標準からしてもやせ細ったハウリ人がひとり出てきて、ひとことも発せず隣りのグライダーに乗りこんだ。男は全身を真っ赤な衣服でつつみ、ローダンが遠くから眺めていてもそれとわかる権威の雰囲気をかもしだしていた。かれの背後で入口が閉じ、数秒後には、広場は以前と変わらず閑散としていて、ここでなにかふつうでないことが起きたことをしめすものはなにもなかった。

「宿にもどろう」ベオドゥが提案する。

「ああ、それがいい。もどろう」と、ローダン。

ヴァックがなにもいわずに出迎えた。

宿にもどるとローダンはちびのアッタヴェンノクに、

「赤い衣服に身をつつんだハウリ人の夢を見たらすぐに教えてほしい。その方向にはかなりのトラブルがあると感じるのだ」

ローダンは、アルコン人アトランにかつて教えてもらったリラクゼーションエクササイズをすこしやってから、眠りについた。

*

「実際のところ、エペルストでなにをしようと思っているんだい？」ヴァックが怪《け》訝《げん》そうに訊く。「一次試験はわたしのとこで申請したらいい」

「われわれ、試験の準備をしようとしているところだ」ローダンが漠然とした答えをした。

ヴァックは不満げにふたりを外出させる。

「きょうはどうする？」ローダンが問いかけるようにベオドゥを見る。

「いちばんいいのは、二手に分かれることだ。ひょっとしたら、わたしはアッタヴェンノクのコロニーを見つけられるかもしれない。だが、きみをそこに連れていくのはよくない」

「わかった。では、われわれ、それぞれ単独行動するとしよう」

ローダンはきのうとは反対の方角へ出かけていく。これといった情報を探りだそうというつもりもなく、町の家々を次々と抜けて歩いた。やがて人通りの多い広場の端に腰をおろし、あたりを眺める。おもに目につくのはカルタン人だが、若干のヴェンノクや、極端な営利主義がエペルストでは場ちがいですらないマモシトゥもいる。

ほどなくして情報屋を見つけた。

地味な服装をしたカルタン人で、平均的な体格をしており、通行人との接触をあまり持たない。ローダンは目の端でとらえしばらく観察していたが、すぐにそのカルタン人と話そうと決めた。

「情報がほしい」相手の隣りに立つとすぐにいった。

「いいところにきたな」

「ちょっとすわって話をしよう」

「かまわないが、おれは安くないよ、いっておくが」

「だいじょうぶだ」

かれらはプラスティック製のベンチを見つけた。人混みの端のほうにあったそれは広場には場ちがいな代物だったが、これがあってよかったとローダンは思った。

「質問その一。ここの住民はどう考えているんだ？　みんな、ヘクサメロンに奉仕したいと望んでいるのか？」

「すくなくともだれもがそういう」カルタン人は答える。

「もっと具体的にいってくれ」

「そうしてほしいのなら。エペルストには、六日間教義を心から信じている者がかなりたくさんいる。ほかはただ金がほしいだけで、ここには手に入れられる富があると聞いてやってきた。まあ、ナンセンスな話さ。それから、情報屋がいて、われわれはある特殊なグループを代表している」

「手に入れた金を持ってエペルストを出ていく方法が、きみたちにあるのか？」

「そんなこと、あんたには関係ないだろう」

「わたしは情報料をはらう」

「この情報は売りものじゃない」

　ローダンは懸命に考えた。ここまでの会話は、かれが予想していたのとはまったく異なる展開になってきている。用心深さをすくなくともちょっとわきに置かなければならない。そうすれば、興味深い情報が明らかになるだろう。

「エペルストの抵抗勢力はどうなってる？　きっとヘクサメロンの敵と宣告されてるんだろうね。たとえば知識権限の中枢の工作員とか」

「知識権限の中枢ってなんだ？」

　問い返されてしまい、これ以上先には進めないとわかった。しかし、もうひとつ最後の質問をしておきたかった。

「昨晩、少々奇妙なことに気がついた。すくなくとも奇妙だとわたしが思ったことなのだが、ひょっとするときみに教えてもらえるかもしれない。〝ダルウルへの門〟と呼ばれる建物があって、そこでひとりのハウリ人を見たのだが、かれは全身真っ赤な服を着ていた。あれはなんなんだ？　かれの立場はどういうものなのだ？」

ローダンは、自分がカルタン人を驚愕させたことに気づいた。

「水使いを見たのだな？　異人よ、ひとつ忠告だ。〝かかわるな〟われわれのおしゃべりはこれで終わりだ」

乏しい情報量にしては天文学的に過剰だと思われる金額を、カルタン人は要求した。それでもローダンは快く支払った。

カルタン人の反応には考えさせるものがあった。これまでしばしばハウル文化の環境に身を置いたが、〝水使い〟というのははじめて聞いた。ハウリ人の故郷惑星であるタルウルが砂漠でおおわれているという事実を考えると、これには特別な意味があるように思われる。きっとある。

ローダンはゆっくりした足どりで帰路につく。何度かまわり道をしながら、あらかじめとり決めてあった時刻に、宇宙港の正面入口に着いた。到着した日と同じように、そこは群衆でごった返していた。ベオドゥの姿が見あたらなかったが、ローダンは気にしなかった。楽な姿勢ですわると、エペルストの住民が行き交うの眺めていた。

半時間たってもベオドゥは帰ってくる気配がない。テラナーはすこしいらいらしてきた。結局のところ、ここに知られざる危険がひそんでいるということをわかっていなかったのだ。もう二度とべつべつに情報集めに行ったりしてはいけない。

ようやくだ！　ベオドゥがとり乱したように雑踏を抜け、頭翼をぐんにゃりさせながらローダンの隣りにへたりこんだ。

「なにがあったのだ？」ローダンは知りたがる。アッタヴェンノクが傷をおっていないのがさいわいだ。

ベオドゥはとほうに暮れたようにあらぬ方向を見る。

「最初は計画どおりにうまくいった。わたしは、エペルストにアッタヴェンノクのコロニーがあるなら見つけたいと思っただけだから……で、見つけたよ。信じられないかもしれないけれど、ワキアン、エペルストにはアッタヴェンノクがすくなくとも二十人はいる！」ベオドゥは意図的に興奮をおさえて、「残念ながら、それはわれわれにはなんの助けにもならない。かれらの多くは〝六日間〟のウイルスに感染していて、ほかのことをほとんどなにも知らない」

「しかし、それだけではあるまい」ローダンは皮肉をこめていう。

「ああ、これだけではない。時間にまだ充分に余裕があったので、町はずれに向かった。

きのう見つけた見捨てられたような広場をおぼえているだろう？　そこでひとりのカルタン人に会った。かなりの老齢で、みすぼらしかった。エペルストからまだ追い出されずにいるのが不思議なくらいだった」

「で？」

ベオドゥがすこしためらっているようにも見えたが、種族の異なる生命体を観察するさいには、しばしばあざむかれることがあるということを、ローダンは知っていた。

「わたしはカルタン人に話しかけた。だがそいつはきわめて無礼で、わたしのことを役たたずの侏儒《しゅじゅ》だというんだ……わたしはかっときてね、で、喧嘩になってしまった」

「それがそんなに悪いことか？」ローダンは訊いた。

「いや、それはいいんだ。だがね、喧嘩に勝ったわたしはそいつに、ヘクサメロンのナンセンスを信じる狂ったばか者より侏儒のほうがましだといってやった。まあたしかにこいつはまずかった。いまや、このカルタン人にわたしの、つまりはわれわれの弱みを握られてしまった」

「だれかに見られていたか？」

「いや、おそらくだれにも……」

「では、なにかが起きるまで静観しよう。毎日エペルストから、不信心が証明された冒険野郎や流れ者が強制送還されている。それ以上に悪いことは、われわれには起こらないと思う」

　ふたりして宿へと帰っていく。

　かなり暗くなってしまった。あと数百メートルほどのこしたところで、ピココンピュータがローダンのドリフェル・カプセルからの通信メッセージを伝えてきた。「聞こえていますか？　こちらは《レダ》です」

「接続に問題はない」ローダンは立ちどまり、ベオドゥに話しかけているふりをする。ちびのアッタヴェンノクはすぐにその演技を理解し、注意深く耳をかたむける。

「数日前にわたしに課した任務のことですが、おぼえていますか？」

「もちろんだ。それで？」

「装置は完成しました」ローダンは《レダ》の声に勝利を思い描く。「お望みのときにいつでもどうぞ」

　ローダンから接続を切り、

「カプセルにもどらねばならない」と、いう。「《レダ》が重要機器を製造した」

「それはなんなんだ？」

「宇宙港へ行く道すがら説明するとしよう。しかし、まずはヴァックのところへ行き、数時間エペルストをはなれる許可をもとめるつもりだ」

「どうやるつもりだ、ワキアン？」

「まかせてもらいたい」

ローダンはベオドゥを宿の外にのこしてなかに入り、数分後には笑みを浮かべて出てきた。

「どうやったんだ？」ベオドゥが不思議そうに訊く。「正直なところ、うまくいくとは思ってもいなかった」

「かんたんさ」と、テラナー。「わたしは《レダ》と話したいと、ヴァックにいった。われわれがヘクサメロンの奉仕についたら、《レダ》がすんなり管理団体にしたがうようにするためだ、とな」

「ヴァックがそんなナンセンスをそう単純には信じるわけないだろう！」

「実際にはもうすこし複雑だった。だが、クレジット残高の大部分をかれに書き換えたら、ことは急に進んだよ。かれはわれわれのことを宇宙港に通知した。さて、そういうわけで、その装置というのがどういうものかきみに説明しておこう。ハウリ人のプシ＝サイバー装置……それでもってわたしは何度も偽りの記憶ともども意識錯覚を押しつけられたのだが……それにかかわるものだ」

「それをテストする方法があなたにはない」ベオドゥが考えさせるようにいう。

「そのとおりだ。だが、充分に根拠のある希望は、なにもないよりずっとましというもの」

　ふたりが宇宙港の正面入口に着いたときには、惑星エペルムのこの部分はすっかり闇におおわれていた。かれらの目の前でドアが自動的に開く。ローダンが前、ベオドゥがうしろになって足早に通廊をたどって先へ進む。そこには、カーキベージュのユニフォームを着た一ハウリ人が待ちかまえていた。外観は一般的なハウリ人とほとんど変わるところがない。

「ついてくるのだ！　輸送手段を手配ずみだ」

　ローダンとベオドゥは案内にしたがって小型のオープン・グライダーに進み、後部客室に乗りこんだ。着陸場は明るく照らされていた。それにもかかわらず、《レダ》のずんぐりしたかたちを、胴の膨らんだ貨物宇宙船の長い影がかくしていたので、見つけるのに時間がかかってしまった。

「急ぐんだな！　あんまり時間はないぞ」

　ローダンは、ネット・コンビネーション搭載のピココンピュータに、コード信号を発進させた。《レダ》はローダンやベオドゥのことも認識していたはずだが、これは付加的なセキュリティ対策だ。数秒後、かれは操縦室で、サービスロボットがメインスクリーンの横に置いたちいさな箱を、呪縛されたようにじっと見つめていた。

「これです」《レダ》が自慢げにいう。「わたしはこの装置を〝ペダス〟と名づけました。略語はあなたの母国語からです、ペリー。正式には、プシオン・エネルギー・デテクター兼サプレッサーといいます。どこかでプシ＝サイバーが放出されてあなたに影響をあたえようとしたら、ペダスはかならずそれを検知します。そしてまた、完全に理想的にいった場合、その影響力を抑制します」

「すばらしい！」ローダンは小箱を持ちあげ、開いてみる。なかには《レダ》の命令でネット・コンビネーションに統合する小型回路がいくつか入っているだけだった。「ふたつめの装置をつくることはできるか？」

「現時点では、残念ながらできません」《レダ》が申しわけなさそうにいう。「場合によってはあとで、技術器具一式を補充したらできるかもしれませんが、それも確実ではありません」

「わかった。急ごう、ベオドゥ」

「ふたりとも気をつけてください！」《レダ》がかれらのうしろから声をかける。

ローダンとアッタヴェンノクは無言のままグライダーに乗りこむ。ハウリ人はいっさい質問をしない。そして数分後、かれらは宇宙港の正面出口に立っていた。さいわい、帰り道はほのかな明かりがあったので、ポケット・ランプを持って道を探す必要はなかった。

ヴァックはかれらを迎え入れた。相《あ》いかわらず表情に動きがない。ローダンは宿の管理人と不毛な会話をかわす気はない。自分たちの部屋のドアを押し開けてなかに入り、根が生えたように立ちつくす。

武器がまるでそれ自体に意志があるかのようにかれの手のなかに飛んできた。

ベオドゥがローダンの隣りにきて、こわばる。

「こいつだ」アッタヴェンノクの口からなんとか言葉が出てくる。「わたしが殴った男だ……」

宿の個室に侵入した老カルタン人は、のろのろと立ちあがり、

「勝手に入って申しわけない」と、丁重にいう。「わたしの名はナイ・レングだ。われわれ、意見交換したほうがいいと思う」

神官　4

シャルンは完全な無重力状態で目がさめた。

それともかれは思いちがいをしているのか？　そう、かれの腕と脚は徐々にさがってきて微弱な流れによってふたたびあがっていく。いまかれは全身にしずかな動きを感じる。安心に満たされている。ほんのすこし前には、死への恐怖となすすべないあきらめが混じり合った思考でいっぱいだったことに驚いている。

慎重に腕を左へ、右へ、上へ、下へと動かす。そのさい、自分のいる場所が四面の安定した壁でかこわれていることを知った。まわりはどろっとした液体だ。なぜ溺れないのか？　シャルンはよく知っている、ハウリ人のからだは液体のなかにとどまるようにはつくられていないということを。

しかし、いまなにかが変わった。おだやかな流れが強くなり、すくなくとも二方向へ引っ張られつづけている。突然容器の上壁がなくなり、シャルンは指にひんやりした空気を感じた。かれは液体の底に沈み、水位が下がり、まったく濡れないまでになった。

なんとか目を開ける。

数秒間、シャルンはなにが起こったのかわからなかったが、ようやく真相に気づいた。医療用再生タンク内で横になっていたのだ。シャアともども発見され、救出されたにちがいない。

「気分はどう？」

シャルンは驚いて見あげると、防護服を着た年配のハウリ人がいた。自分のからだの神経繊維の一本一本を意識した。どうやら肉体に深刻な損傷はなかったようだ。

「だいじょうぶです」だからそう答えた。「弟はどうですか？」

「もうひとりの患者、シャア・パク・ジアックのこと？　あなたよりすこしばかり重症だけど、じきよくなる」

シャルンは自分がどこにいるかを訊きたかった。山だろうか、テクノゾーンだろうか。しかし、シャルンは、自分がジアックにいることを文字どおり〝嗅《か》ぎわけた〟。これは、かれとシャアが試験に受かったことを意味しているのかもしれない。最後の難関で決定的な失敗をしたにもかかわらず、自分たちが受かっていることを願った。

「いつタンクから出られますか？」

女医のハウリ人は患者をじっくり見定めるように見つめてから、「すぐに」と、決定する。「ここをほかの患者のために使うことにします。あなたは病棟に移動よ」

タンクから持ちあげられる前に、シャルンは眠りに落ちていた。意識をとりもどしたのは、死んだ山の組織を切りだしてつくった低層の部屋のなかだ。周囲に五台ベッドがあるが、どれも空《から》だった。やることといったら眠ることしかないので、シャルンは眠ろうとする。心の目のなかで、砂漠で仕留めてろくにかまずにがつがつ食べた四本足の動物のイメージがちらちらして、夢のなかでも消えることがない。獲物のからだのなかに水が入っていることをシャアに警告しようとするが、何度も何度もやるのにうまくいかなかった。

三日め、目ざめたばかりのかれのもとに、カアンが訪ねてきた。

「まもなく出動すると聞いた」

シャルンは返事をしない。

「きみは補給船に乗り組み、しばらくジアックをはなれることになる……しかし、その後、すべてが変わるだろう」

「われわれ、追放されるということですか?」シャルンは知りたがる。

「まさか、違うとも！　わたし自身、きみたちが帰ってくるのを、山の端で何日も待っていた。きみたちはやりとげた。きみたちの生存能力はたしかめられたので、最後の細部は重要ではない。したがって、きみたちは神官になるとわたしは思う」

シャルンは大きく見開いた目で不思議そうに相手を見て、

「神官先生たちは、われわれがそれをどうやって成しとげたか知りたくないんですか？」と、訊く。このとき、いつも食べたり飲んだりしているウルヒイトゥやポナアにくらべたら、消費した量は遠くおよぶものではなかったが、貪り食った獣のことをうしろめたく思っていた。

「いや、知りたくなどない。そんなこと、だれにも訊かれはしない」

その一瞬でシャルンは悟った、山の住人ならだれでも、修行の過程で、命をつなぐために心ならずもそうせざるをえなかった経験があるのだ、と。〝心ならずも〟という言葉が脳裏に焼きついた。ひょっとすると、まさにこの罪悪感こそ、この養成システムがねらっていた感情なのかもしれない。罪の意識を持たないハウリ人はいない。だから、清浄はヘクサメロンの教義のなかにしかないということを、神官が忘れることはないのだ。

「なんと卑劣なトリックだ」かれはちいさな声でつぶやく。カアンはシャルンの言葉を聞きとれなかった。「炎の女神ギルラトゥへの短い祈りです」すこしだけ声を大きくして、シャルンはいいそえる。

神官教師カアンはいぶかしげにシャルンを見て、「よかろう」と、いう。「元気になったらすぐに連絡を」

次の瞬間、シャルンはまたひとりだけになった。

つづく数日間、弟のことも将来に関してもこれといった大きな心配をせずに、なかば眠ってすごした。何日後のことだろう、かれを液体睡眠から目ざめさせたあの女医のハウリ人がやってきて、高圧注射器で弱い興奮剤を打った。

「これでうまくいく。あとはあなたのからだがやってくれる」

シャルンは立ちあがり、修道服を着て、カアンを訪ねた。

「わたしはお役にたてます」と、かれは報告する。熱い血が血管で脈動し、実際に持つ以上のエネルギーを見せつけた。

「とてもいい。わたしが先だっていったことはまだ有効だ。きみを補給船運航要員に起用する」

その結果、シャルンは重量級のグライダーを操り、まれには旅客輸送も担当し、つねにジアックとテクノゾーンのあいだを行ききした。コンピュータ上でコースコントロールをチェックするくらいしかやることがなかったときなどに、ネミースでともに育ったシャアのことを考えた。いまどうしているだろう？　骨の折れるつらい修行にシャアのほうがはるかに敏感だったのはどうしてなんだろう？　ひょっとするとハウリ人のからだは個人ごとに補水の仕方が異なるのだろうか。きっとそうだ、そうにちがいない、とかれは考えた。

二週間後、ようやくシャアに会えた。

門番にたずねて、驚くべき情報が得られた。

「はい、かれはまもなくここにきます。そのときがくるまで待つのが最善です」

満員の三胴船に乗ってやってきたシャアは、シャルンと話すのにほんの数秒間しか時間がなかった。荷おろし工程が優先されたからだ。シャアはいちじるしく痩せていて、話す言葉は試験前よりもぎくしゃくとぎこちなかった。

シャルンは、失望と心配が入り混じった気持ちで、シャアのようすを見た。

なにかがあったんだ。しかし、なにが？

*

ティイル、ハアラル、タルウル・エス、タルウリ、ドゥウルの代表者と、ネミース、ウルキイ、エス、ポナア・エスの代表者が式典に出席した。二百人ほどのハウリ人が、叙階のためにジアックの大ホールに集まっていた。薄明かりのなかで身をよせ合って立ち、神官長の到着を待っている。

シャルンは黙ってシャアのかたわらに立つ。時間がなくて、弟とふたことみこと言葉をかわすのが精いっぱいだった。シャアは頬がこけて、やつれたように見えるが、けっして病気というわけではなかった。

「師がいらした！」近くのハウリ人がささやいた。

ジアックの神官長が威厳ある足どりでホールに入ってくる。この瞬間の重要性を充分に認識しているように見える。ジアックで神官の叙階がおこなわれることはめったになかったからだ。この山は、育成に長い時間を要する技術者と戦士を生みだしてきた。

「シャア・パク・ジアック、シャルン、われわれ、きみたちをヘクサメロンの奉仕に叙するために、ここに集まっている」ホールは突然息をのむような静寂につつまれた。「〝神官山〟はわれらが種族のエリートを生みだす。これは事実であり、同時に義務でもある。われわれの元来の言語でマグフルウ・マグハアと呼ぶハンガイ銀河に送りだされたら、それにふさわしくあれ」

神官長は、修道士に運ばせた二着の装束《しょうぞく》を持っている。一着はカーキベージュ、もう一着はゆったりと仕立てられたコンビネーションに似ていて、赤かった。

シャルンの頭のなかでなにかが鳴った。急いでこうべをめぐらし、最初にシャアの頬のこけた顔を、そして次に赤い装束を見た。何日間も無意識のうちにかかえていた悪い予感が、確信に変わった。

しかし、神官長はシャルンの精神状態など考えもしない。

「ヘクサメロンの書からいくつかの引用をする。〝六の日の歌〟からだ。重要性をはかることが許される者はいないので、この場にふさわしいと思う。〝うめき声が宇宙に響く。痛みは完成にいたる道だから。英知の小径《こみち》を軽んじる不信心者からは悲鳴があがるだろう。種族は死に絶え、星々は消え去る。これは浄化だ。六の日を生きのびられるのは、ヘクサメロンの書の真理を信じる心を持つ者だけだから〟」

シャルンは、心のなかに、異常なほどの嘲笑が湧きあがってくるのを感じた。いまや、自分が家族のだれとも似ていない不肖の子であることを知った。支配者ヘプタメルの言葉は信仰心を深めるどころか、嫌悪の念を呼び起こす。赤い装束はなんだったのか？　どうしてシャアといっしょに砂漠に置き去りにされたのか？　受験生のだれもが、はばかることなく水を摂取していたことは知られていないのか？　そして、高濃度の水が、中毒性のある麻薬であることは知られていないのか？

「シャルンとシャア・パク・ジアック」

神官長の声が、シャルンの陰鬱《いんうつ》な思考を破った。

「これらの言葉をもって、わたしはきみたちをジアック山神官に叙階する。だが、装束をその肩にかける前に、ひとりひとりにいっておきたいことがある。きみたちはどちらも独自のやり方で特別なものを表現している。シャルン、きみはわれわれの一員として成長した。きみは山のなかで生まれたのではない。そして、きみの弟シャアは、血縁上の弟ではなく、昔からの仲間、精神的な弟であることを知っている。

これが真実の話だ。

きみが生まれた数カ月後、信心深いハウリ人がカルタン種族の不信心者に出会った。カルタン人は落ちこぼれの探鉱労働者たちだった。どういうわけかかれらは生まれたばかりのハウリ人を手に入れた。そのハウリ人というのが、きみなのだ、シャルン。ネミースの神官教師が金をはらって、きみを自由の身にした。きょう、われわれは、その行動がどれだけ割に合うことだったかを見る思いだ」

シャルンは必死で驚きをこらえた。さいわいなことにホールは暗かったし、修道服のフードを額がかくれるほど深くかぶっていた。ひょっとしたら、そのためにかれがほかと違っているのかもしれないと、どうしても考えてしまう。自分はタルウル生まれのハウリ人ではなく、素性のしれない私生児なのだ、と。

「さて、われわれの前にはジアック学校の二番めの卒業生がいる」神官長は大きな声でさらにつづける。かれの目は突然グリーンの炎で燃えあがった。宗教的興奮のまぎれもないあらわれだ。「ネミース生まれのシャア・パク・ジアックは、非常に特殊な信仰心できわだっている。支配者ヘプタメルがいわれるに、命は無にひとしい、重要なのはその使い方だ。それしだいで〝六日間〟の進行を早めることができる。この意味において、たえず犠牲に対する覚悟をしておくことは、二倍の意味を持つ」

かれは勝ちほこったように赤い装束をかかげた。集まった人々のあいだで承認のつぶやきがかけめぐる。シャルンはほとんど聞こえない声でうめいていた。

「シャア・パク・ジアックは、水使いの奉仕につくことになった。今後はこの装束を身にまとい、つねに水容器を持ち歩くことになる。信心者であろうが不信心者であろうが、かれの強さと速さにかなう者はいない。そして遠いいつの日か、かれは正しい目的のために戦って命を捧げるだろう」

神官長は一歩前に出ると、シャアの修道服を脱がせ、かわりに赤い装束を着せた。今後、弟は〝赤服〟なのだ。シャルンはそれを痛いほどはっきり悟った。ふたりのあいだにはもう信頼関係はなく、必要以上の接触もないだろう。

シャルンの番がきた。修道服が床に滑り落ちる。神官長がシャルンの素肌に、カーキベージュの新しい装束をかける。胸の部分にヘクサメロンのシンボル、光量を増やしながら左から右へ向かって昇る黄色い恒星が刺繍されている。シャルンはちぎりとりたいくらいだった。

しかし、そうしたからといってどうなるというのだ？　おそらくまったくなにも……人生はつづいていく。シャルンはシャアを盗み見した。かれらはシャアに無理強いしたのではない。それどころか、シャアは一面では水に誘われ、もう一面では宗教的な尊敬の念に誘われ、身をまかせたのだ。

シャアの進むべき道は決まっていた。

自分はこの先どうなるのだろう、シャルンは自問する。ゆるぎない信仰心があると同種族人に対してよそおっているが、これがいつまでもつのか？　もし根っからの背教者であることが知られたら、どうなる？

それでもひとつだけ決意した。決定的なことになるのを、できるだけ先のばししたい。

*

それからの数週間、シャルンは、叙階を受ける以前と同じ仕事を引き受けた。自分の将来に関して考える時間はほとんどなかった。数日間、ジアックと故郷ネミースのあいだをグライダーで往復する輸送運搬を組織し、朝早くから夜遅くまで仕事に没頭した。なんといっても、新しいポジションには新しい責任がつきものだ。

輸送にかかわる合間にも、ジアックでやることはいろいろあった。最初はポナアの採取だった。グリーンのミルクのような液体が山のリンパ網を満たしている。それは山の半ミネラル脳とほかの身体機能のあいだの中間エレメントとして、なによりも下層平面での食物調達と有機性ローターとして機能する。その風が山を持ちあげ、かき集めたものを砂物質に供給するのだ。

シャルンと助手数人は、ヴァイブレーション斧で山に細い切りこみをつくり、ちょっとした運と感度の高い聴力で、ポナアを採取できる脈路を見つける。しかし、山を枯渇させてはいけない。そんなことをしたら山は崩れ、二度と立ちあがることができなくなる。だから、採取したあと、ポナアの流出がとまって乾くまで、石くれとか岩粉で傷口をふさぐのだ。

ハウリ人は二度死ぬ。ポナアではなく酸性の液体が流れる脈路があるからだ。これにぶちあたった者は生きのびることがむずかしい。シャルンは、この危険のなかに自然淘汰の原則を見いだした。かれらは山と一体となり、山の本能的な反応を、まだその効力が生じる前に、感知できなければならないのだ。

こういう段階がまるまる一年つづいた。

惑星の夏の暑い日、ようやく転機が訪れた。シャルンが自室でからだを伸ばして休んでいるとき、カアンがノックしてなかに入ってきた。

「きみに新しい任務だ」と、神官教師はいう。「三胴船のパイロットになる。きみはこれまで危険で厄介な仕事をしてきた。ここの学校のおかげで、きみはわれらが種族のほとんどの者たちより強靭《きょうじん》で、反応が早いハウリ人になった。とはいえ、銀河に送りだす前にすこしばかり学んでほしいことがある。宇宙船内での訓練もそれにふくまれる」

突然、シャルンは三胴船に乗りこむことになった。指揮官は山生まれのトラル・パク・ティイルで、シャルンにほとんど息抜きをあたえなかった。しかし、シャルンは、長年ジアックで訓練を受け、たいていの技術者より多くのことを習得していたので、案外すんなり適応できた。三年後、かれは訓練を終了した完璧な三胴船パイロットとみなされた。補助機関士として、三等宙航士として、指揮官として、ハンガイ銀河を飛びまわった。

その後、タルウルへ行くよう命令を受けた。〝神官山〟ジアックの出身者ということで、ほかのハウリ人からいつも尊敬の念をもって見られていたシャルンだが、ジアックではまったく違った。まず、神官教師たちと口をきく前に、三日間の苦行を強いられた。またもやカアンである。

「まだ若いとはいえ、きみは多くの浮き沈みを経験してきた、シャルン。山の代表として真の使命をはたす潮時だ。ときがくるまで自房で待つがいい」

数年ぶりにようやく考える時間が持てた。カアンがいったことは本当だろうか？　ああ、たしかにいろんなことがあった。そして心のもっとも奥深い部分で自分が変節者であるという事実は、ほとんどたいした意味がなかった。かれは学ぶことが好きなので学んだ。なぜなら、仕事は思考を麻痺させてくれるし、長いあいだそれを考えずにすんだから。

真夜中になってカアンが迎えにきた。老ハウリ人は、シャルンを、シャルンがはじめてジアックの神官長と対面したあの執務室に連れていく。

「入るがいい」

入ると、最初のときと同じように、暗闇のなかに神官長がいた。しかし、そこにはもうひとりの姿が、赤い服を着た背の高いハウリ人が……

「シャア！」

「そう、わたしだ、兄さん。この任務、ふたりでともにはたそう」

「きみたちはよいチームとなろう」神官長はさらにいう。「次のことが重要だ。つまり、神官山ジアックのわれわれには、特別なコネクションがある。それには、第五惑星チェオバドをのぞく、ウシャアル星系の全データセンターの情報が含まれる。チェオバドでなにがおこなわれているかはわれわれにもかくされているが、それはここで話すテーマではない。

すこし前のことだが、カルタン人のアンクラム・プロジェクトを監視する惑星ベンタングのハウリ人ステーションに一異人がきたという報告を受けた。最初はこのことにだれも注目しなかった。この男が、指揮官のヴァッロ・パク・ドゥウルとプシ＝サイバー装置から逃げきったときでさえもな。しかし、データがのこされていた。

それ以来この異人は幾度となくわれわれのじゃまをしてきた。直近の例をいうと、チャリフ星系でわれわれの組織ハン＝シュイ＝クォンを壊滅させた。ナルモン・アルド・ティイルはなにもかも捨てて逃げだすしかなかった。いまかれは、テクノゾーンの訓練センターで奉仕についている」

「どうやってその異人を見つけるのですか？」シャルンが不作法にたずねる。「一個人を探すにはハンガイはひろいです」

神官長はとがめるような視線を投げ、

「異人を探す必要はない。ジアックのコンピュータは、ハウリ人領域内でしかるべき相互接続を構築する唯一のコンピュータで、異人がどこにいるのかわれわれは把握している。エペルムの都市エペルストにいる。かれの名はペリー・ローダンだ」

「かれをどうしたらいいのですか？」シャアが訊いた。

「かんたんなことだ。殺せ！」

＊

かれらは転送機でエペルストへ行く。都市はエペルムの赤道地帯にあり、〝安全〟とみなされていた。そこでは不審者の攻撃を迎え撃つために、過度なほど多くのハウリ人が配備されている。

シャルンは弟とともに転送アーチの前にいる。ステーションには、神官山のどれかで生まれたハウリ人か、あるいは神官山のどれかから派遣されたハウリ人しかこられない。それは〝タルウルへの門〟と呼ばれているが、その設備に関して、エペルストではなにも知られていない、ということをシャルンはよく知っていた。

エペルストのすべての都市同様、ステーションは突貫工事で建設されていた。そのため、なかには転送機、若干のウルヒイトゥとポナア、そして通信機器があるだけだ。もちろん、ひとりをかたづけさえすればよいのだから、それで充分だろう。

しかし、それこそがシャルンを悩ませていた。

知的生命体を殺《あや》めたことはある。それを否定するものではない。しかし、それはいつだって自衛のためにおこなったことだった。命令によって殺人者になっていいのだろうか？　かれ以外のハウリ人はそんな疑念を持たないだろう。それはたしかだ。しかし、自分はちがう。そしていま、それが明らかになるときがきたようだ。

「夢でも見ているのか？」シャアが変な声で訊く。シャルンは水の音をはっきりと聞きとった。かれの背中には、ごぼごぼと鳴る五リットルの容器の入った背嚢がある。

「いや、そうではない、弟よ。考えていたのだ」

「なにについて？」

「われわれの行動について」

「考えることなど、ほとんどない」

「それはまちがっている、シャア。異人はどうやってヴァッロ・パク・ドゥウルから逃げられたのだ？　惑星ベンタングのプシ＝サイバー装置でさえ異人を阻止できなかった。

そして、かれはどうやってハン＝シュイ＝クォンを壊滅させたんだ？　ナルモン・アルド・ティイルは、ヴァロ同様、神官山の出身だ。いいや、あの異人にはなにか特別なものがある。われわれタルウルのハウリ人以外で、どうしてだれもこのことに気づかないのか、わたしは自問している」

「それは、われわれはほかのハウリ人より優秀だからだ。われわれだけが先祖代々の生態系圏で成長する。われわれ以外にそういう教育法を享受する者はいない。それがすべての理由だ」

「そうはいっても」シャルンは気になっている。「今回のことは、われわれ、体系的にやらないと。失敗は許されない。だからこうしてはどうだ、きみはここエペルストにのこって異人に関する情報を集めて、どこにいるかつきとめるんだ。わたしは転送機でテクノゾーンに行ってナルモン・アルド・ティイルと話をする。そのあとでまた会おう」

シャアはじっくり考えた。明らかに、こういうためらいがちな行動をとるのは、水使いとしての立場と相い容れないのではないかと、疑問に感じている。だが、結局こういった。

「そうしよう。急ぐんだ」

シャルンはすぐに転送機に入り、任務に失敗したナルモンがいま配属されている宿営地に行き先を合わせ、受け入れ口で再実体化した。残念ながら、ナルモン・アルド・ティイルには報告できることはほとんどなかった。たしかにかれはローダンと戦ったし負傷もしたけれど、その説明は正確さを欠いていた。シャルンは自分たちの相手が手練《てだ》れだという印象を持った。捕まえるとか、なんの抵抗も受けずにやっつけることはできないだろう。

数時間後、シャルンはエペルムの〝ダルウルへの門〟で、シャアと合流した。

「より道した甲斐《かい》はあった？」

「残念だけどなかった」シャルンはそう認めざるをえなかった。「ナルモン・アルド・ティイルはわれわれが知っている以上のことをほとんど知らなかった」

「だったら兄さんは、わたしの時間をむだにしたことになる」シャアは眼窩の奥にあるグリーンに輝く目でシャルンを見つめる。「いっておくけど、わたしの兄だという立場で身を守れるとは思わないことだ」

シャルンは本能的に嫌悪感をいだき、一歩後退した。シャアはどれだけ変わってしまったのか……いや、そうではない、シャルン自身も以前の関係を気にかけなくなっていた。目の前にいるのはもはや友でもないし、かつての仲間でもなくて、わずかばかりのシンパシーを感じる他人だった。

「それで？」表向き自然な声でいう。「なにかわかったか？」

「情報屋がペリー・ローダンの所在を教えてくれた。金を支払う必要すらなかった。あすの朝早くに、泊まっている宿で待ち伏せる」

シャアの命令口調に、シャルンの嫌悪の念は爆発的に膨らんだ。この水使いが考えついたことに本当にしたがうべきだろうか？　基本的に拒絶しているシステムのために、殺人者になる必要があるのだろうか？　内心ではとっくに、ハウリ人の僧侶的で反個人的な社会に距離を置いていた。かれは殺人者になりたくなかったのだ。

結論を導きだしたその瞬間、シャルンはほとんどばかげているといっていい計画を思いついた。

「ひとりで異人を待ち伏せるんだ、シャア」と、かれはいう。

「なぜだ？」その質問はまるで銃で撃ちはなたれようだった。

「体裁の問題だよ。抹殺するさいに、水使い以外にだれかがいる必要があったとだれにも思われたくない。きみは〝赤服〟だ。それなりの立場というものがある」

「もっともな意見ではあるが……でも、本当のところどう考えているのか、知りたい、シャルン」

シャルンはシャアを長い時間じっと見てから、踵《きびす》を返す。

「あす会おう。それまでにわたしはエペルストを見ておきたい」シャルンは備品室でクレジットカードを探し、それを持つと建物をあとにした。外に出ると人混みに身を置く。しかるべき情報屋を見つけなければならない。ところがこれが予想外にむずかしいとわかる。シャアがペリー・ローダンに関心があると知れわたってしまっていて、だれも仕事を引き受けてくれようとしない。シャルンがようやく成功したときには、あやうく手遅れになるところだった。

宿敵　5

ローダンは、じっくり時間をかけて招かれざる客を見る。

ナイ・レングは八十歳をこえていて、カルタン人としてはそろそろ寿命に近づきつつある老人で、着ている上着はぼろぼろだ。身長はほぼ百八十センチメートル。できるだけ動かないようにしているが、ローダンが見るところ、弾力性と柔軟性を持ち合わせている。とりわけ、まったく酔ってはいない。

体表の毛は赤褐色で、場所によっては虫に食われているかのようだ。このネコ科種族の平均的タイプは頭に銀色の筋がはしっているのだが、ナイ・レングの場合、抜け毛でまばらな筋になっているにすぎない。

「聞こえてるかな？」沈黙の時間が長くなって、心もとない感じがしてきたナイ・レングがたずねた。「攻撃するつもりはない、話をしたいだけだ」

「わたしのことを役たたずの侏儒といったやつだな！」ベオドゥは、ローダンがめったにみたことのない好戦的な顔をしている。

「おちつくんだ、よき友よ」ローダンはベオドゥをなだめる。「謝りたいのかもしれないじゃないか」

「まさか。結局のところ、あんたの友はわたしを殴ったのだからな」

　ベオドゥは口笛を吹いて意味不明の応答をする。

「本題に入ろうではないか」ローダンはピココンピュータの表示に注意をはらったが、盗聴されている兆候はない。「どうやって侵入した？　われわれになんの用だ？」

　ナイ・レングが軽蔑するように顔をしかめる。

「ハウリ人の平均的な状況とくらべると、エペルストのハウリ人は利用しやすい。宿の管理人を買収するのは朝飯前のこと。だが、ここ以外のところでそんなことをしようとは思わない。まちがった相手に接触したら、あっさり命を落としかねないからな」

「つまり、あんたは若干のリスクを負って、なにがしかの金を使ったということだな、ナイ・レング。だからわれわれをハウリ人に売るような真似はしないということか、それとも？」

「そうだ……そこのアッタヴェンノクがヘクサメロンの教義を熱心には信奉していないということが、はっきりわかった。わたしもそうで、同じ考えの者をつねに探している。

しかし、あんたたちに警告しておく。〝わたしを〟密告しようとしたらひどく後悔することになる。わたしはひとりじゃないからね。わたしと同じ考えの者は、わたしがどこにいるかを把握している。わたしが姿をあらわさなければ、あんたたちは三日ともたない」

　ローダンは思わず苦笑いを浮かべ、

「まあおちつくんだ、ナイ・レング。われわれ、密告しようなどとは思っていない。それどころか、実際のところ、われわれおのおのが、〝六日間のイデオロギー〟に反対で、ともに同じリスクを負っているとした場合、どうすればたがいにもっとも役だつだろうか？」

「それはかんたんだ」老カルタン人はすぐさま答える。「この都市でもとめられているものはたったひとつだけ、それは情報だ。わたしは情報屋みたいなもので、どうやらハウリ人に気にいられているようだ。何度も試験に落ちたが、ウシャアル星系から追放されたことはない。わたしがあらたに試みて、そして失敗するのを見るのが楽しみでもあるかのようだ」

「わざと失敗しているのか？」と、ベオドゥ。ちびのアッタヴェンノクはようやく納得する。

「そういうことだ！　ヘクサメロンの信奉者は全員わたしの敵だ。だが、どこから手をつけたらいいかわからないかぎり、かれらに打撃をあたえることはできない」

ローダンは、ナイ・レングが過去において、六日間教義に違反したのだと理解した。探りを入れてそのことを聞きだすこともできたろうが、相手の古傷に触れてなにかの役にたつというのか？　いや、ローダンはべつの手立てをとることにした。カルタン人と忌憚《きたん》なくオープンに話したい。

「われわれふたりが、糸口になるような情報を提供できるかどうか、わたしにはわからない。いちばんいいのは、われわれの長い話に耳を貸してくれることだ。そうしたら自分で判断できるだろう」そういうわけで、ローダンは、タルカン宇宙で意識を回復した日のこと、惑星ベンタングでハウリ人と最初の接触を持ったこと、カルタン人との出会い、ヴェンノク、ベングエル、ジュアタフ・ロボットのコミュニティのことを語ったのだった。「つまり」と、ローダンは締めくくる。「すべてのことで、わたしは役割をはたすことができる。わたしとしては、もうひとり助っ人がほしいくらいだ。もちろん背景にはさまざまな動機があるわけだが、ヘクサメロンに対して、われわれ三人は仕事ができる」

ローダンの視線は、老カルタン人とベオドゥの双方にそそがれている。ローダンはいい感触を得ていた。三人よれば単独でいるよりもずっと強力だ。

ナイ・レングはじっくり考えた。そして最終的に、

「よかろう、ペリー・ローダン。知っていることをすべて話す。それに対する見返りはあるか？　習慣の力だ、わかるか？」

　ローダンは笑みを浮かべ、

「見返りを進呈する、ナイ・レング。あす、われわれ、いっしょにすわろう。試験でハウリ人に負けないだけの技術的な知識をあたえる」

「それで、われわれ、同意できる！」カルタン人は衝動的に大きな声をあげる。「有益な協力を！」

*

　翌朝、ヴァックがかれらを待ちかまえていた。言葉を浴びせかけてくるハウリ人を相手に、ローダンはどう返事をしたらいいかわからない。

「もうがまんの限界だ！　あんたたち、決めてもらわなければ困るよ。次の試験のために申請するか、このエペルムから出ていくかだ。ヘクサメロンはぐずぐずしてる奉仕者なんか必要ないんだからな」

　舌先まで鋭い言葉がでかかった。しかし、ローダンはそうする前にちょっと考えて、べつのことをいった。

「申請してくれ、ヴァック」

あまりに簡潔な返答にヴァックはあっけにとられ、数秒間口がきけなかった。

「そろそろぎりぎりだ」と、いう。「試験日は二日後だ。準備を」

ローダンは、自分のからだに合った食べ物を探してベオドゥとともにエペルスト市内をさまよい、正午近くになってようやくナイ・レングに会った。三名は、情報の交換場所として機能しているがほとんど使用されていない空き地を見つけ、広場のまんなかにしゃがみこむ。

「われわれの試験日は二日後だ、ナイ・レング」テラナーが話しだす。「〝六日間教義〟に反対してともになにかをしようとするなら、行動を同期させる必要がある。あんたの試験も二日後に実施してもらうよう申請できるか？」

老カルタン人は数秒間ためらい、

「わからないが……たぶん、だが……そのことはまあ気にしないでもらいたい。よく考えてくれただろうか？　われわれの合意に立ってくれるか？」

「もちろんだ！」ベオドゥが鳥がさえずるような声でいう。「そうでなかったら、われわれ、ここにいないだろう、それとも？」

「いいだろう」ナイ・レングは満足したように、芝生に腰をおろしてくつろぐ。「では、わたしが知っていることを話そう。エペルストにあるものがなにもかも新しくて、急ごしらえのものに見えることに、あんたたちは気がついているだろうか？　これは惑星エペルム全体にもいえることだ。実際の話、ハウリ人が、金で仕事を請け負う者たちや技術者を募集してこの惑星に集めるようになったのは、つい最近のことなのだ。ヘクサメロンはより大規模な計画に向けて準備を進めている」

「金のかけすぎじゃないのか？」

「そんなことはないだろう」ナイ・レングはかなり満足げに答えた。「ハウリ人がほかの種族をたよりにするときはいつも、どうしたって足もとがたよりなくなる。死の宗教の真の内実を納得しているのは狂った連中だけだからな。たしかに狂った連中はたくさんいる。とはいえ、ふるいにかけて選抜しなければならない。各志願者のイデオロギー的堅固さは、不変で疑いの余地がないものである必要があるから」

「ハウリ人はそれをどうやってたしかめるつもりなのだ？」ベオドゥが訊く。「うわべをよそおうことはできるだろう？」

「もちろんできる。だが十中八、九ハウリ人は見きわめる。かれらは手ごわい。正しい信仰に確信が持てないと認めた者に関しては、すぐに追放するだけだ。しかし、あざむこうとする者は投獄されたり、もっとひどいめに遭ったりするし、ときには死に追いやられることもある。それに、持ち金もなくエペルムにやってくる風来坊や、ひと儲けをたくらむ者も大勢いる。かれらはここを立ち去るまでの滞在中に、ひどいめに遭うはめになる。つまりハウリ人の鉱山で使役《しえき》につくのさ」

「経済的な観点からすれば、現実的ではないな」と、ローダン。

「しかし、それはわれわれの〝友人たち〟の評判を維持する助けになる。ハウリ人はただではなにもやってくれない」

「試験官をあざむくトリックがいくつかあるんだな」ローダンは推測する。

　ナイ・レングが顔をしかめる。カルタン人にとっては意味ありげなふくみ笑いといったところ。

「まあ、あんたのいうとおりだ、ペリー・ローダン。しかし、それに関してはあとだ。まずは、約束の技術情報とやらをわたしが得られてからの話だ」

　ローダンは一本とられたと理解する。ナイ・レングに明らかにそれとわかるふくみ笑いを返す。

「先をつづけて。ヘクサメロンの大計画とやらはどういうものだ？」

「よくわかっていない。だが、だれにわかるというのだ？　われわれが知識を出し合えば、真実に一歩近づけるかもしれない。計画は、第五惑星チェオバドに関係するものだと断言できる。数日内に決定的ななにかが起こるはずだ。いずれにせよ、ハウリ人の少数の秘密主義者がそういっている」

「決行日は知っているのか？」ローダンは知りたがる。

「ああ！」ナイ・レングはがらがら声でいくつかの数字をならべたてた。

「ちょっと待って……」その数字がどういう日を特定することになるのか、ピココンピュータで新銀河暦に換算しなければならなかった。四四七年八月四日、旧暦でいえば四〇三四年に該当する。

「それがなにかの役にたつのか？」

「ああ」考えながらローダンは答える。「カルタン人がすでに二回、ハンガイ銀河の一部をこの宇宙からべつの宇宙へうつしたことを知ってるか？」

「聞いたことがある」

「だとしたら、あんたは本当に情報通だ、ナイ・レング」ローダンは老カルタン人の発言に疑念を感じて見つめたが、すぐに気をとりなおした。「二度にわたって銀河全体の四分の一ずつを転移させ、のこりはこれからだ。さっきいった日付は、三回めの四分の一を転移させる目標設定日だ。時間の一致が偶然ということはない」

「二度の四分の一の転移はいつのことだ？」

ローダンは、四四七年一月三十一日と同年四月二日を、ナイ・レングが理解できるように換算して教える。

「われわれの協力はすでに役にたっている！」カルタン人が勝ちほこったように大きな声を出す。「あなたの発言はほかのふたつの日付と関連づけることができる。つまりわたしは、この数カ月間に二度、異宇宙からタルカンに物質群が飛来してきたということを知っている、ペリー・ローダン。ここまではあんたたちも知っているはずだ。しかし、これには興味深い側面があってね、まずハンガイの四分の一が動かされ、物質群はしかるのちに、そのたびごとに出現したのだ。関連性は明白だ」

ローダンは放心したようにうなずく。関連性はずいぶん前から明らかだった。しかし、いま、新しい考えが浮かんできた。

〈相応する事象はチェオバドから始動されたということを、すべてが物語ってはいないか？〉

これまでは交換比率がかなりアンバランスな印象があった。ヘクサメロンにとって、できるだけ多くの恒星質量が重要なのか、あるいは通常宇宙の特定の領域が重要なのかが、ローダンにはわからない。しかし、最悪のケースを考えておかなければならない。つまり、次の転送プロセスのさいに故郷銀河の一部があらわれるかもしれない、もしかしたらパラック球状星団も、あるいは宇宙のほかの重要領域もあらわれるかもしれない。

〝六日間〟の信奉者との戦いにおいて自分がいかに正しいかということを、ローダンはいまようやく理解した。個人的な嫌悪感は、かれが気にかけているすべてのものに対する現実的な脅威と一致していた。

「もっとくわしい手がかりが必要だ、ナイ・レング」と、ローダンはもとめる。「まさしくあんたのいうとおりだ、ハウリ人はチェオバドから物質シーソーのようなものを操作している。だが次にねらわれているのは、わたしの故郷宇宙のどのセクターだ？」

カルタン人が申しわけなさそうな声をあげる。

「どうやってわかると？　まず第一に、ハウリ人はそんなこと、ひとことも話したことがない。たとえ話したとしても、わたしはあんたの宇宙に関して、ほかの宇宙に関してと同じくほとんどなにも知らない。知らない星系の座標を、あるいは自分が所属したこともなければ記憶したこともない星系の名前を、わたしにいえというのか？」

「もしかしたらほかになにか手がかりがあるかもしれない、考えてくれ！」ローダンはうながす。

ナイ・レングはすわったまま深く考えこむ。ローダンは、ナイ・レングが記憶をかきまわし、自分では重要と思っていなかったさまざまなことを引きだそうとしているように感じた。

「なにかあるような……」

「さあ、思いだしてくれ！」

「だったら」老カルタン人がためらいがちに、「わたしが知っていることがまったく違うことを意味するんだとしても、がっかりしないでもらいたい。前回の試験の後のことだが、ハウリ人が話しているのが耳に入ってきた。片方がこういった。〝カルタン人たちが驚くぞ！　長いあいだ連絡が途絶えていた親戚筋に会えるんだからな！〟と。すくなくともだいたいこんな感じのことだった、ペリー・ローダン。どうだ？」

　ローダンは電気ショックを受けたような感じがした。

「すごいぞ」と、つぶやく。

　ハウリ人が話していたカルタン人の親戚筋というのは、だれのことだ？　たしかにそうだ、その親戚筋というのは、Ｍ‐３３、渦状銀河にいる！　物質シーソーは、渦状銀河の一部をタルカンに移動させるためのものだったにちがいない！　そしてローダンは、チェオバドにある操作基地がどれほどの正確さで機能しているのかまったく知らなかった。第五惑星でちょっとした手ちがいが起きただけで、カルタンのかわりにアルコンの惑星群、あるいはテラを、タルカン宇宙に転移させることになる。

　その結果どうなるか、ローダンはあえて想像しなかった。

「次の移送を阻止しなくてはならない」と、かれはいう。「渦状銀河はわたしの故郷に近すぎる」

　ナイ・レングもアッタヴェンノクの友ベオドゥも、同情するようにローダンを見る。

「どうするつもりだ？」カルタン人がついに訊く。「あんたはここエペルムにいて、われわれ以外にたよれる相手がいない。いや、だめだ、チェオバドに行こうなんて自殺行為だ。わたしは自殺なんかしたくない……」

「わたしもあんまりしたくない！」ベオドゥもいう。

「友たちよ、なにか忘れちゃいないかね。われわれは物質シーソー効果とかかわっている。すべてのシーソーにはふたつの側面がある。つまり、作戦の成功には、チェオバドとカルタン人の操作基地アンクラムが欠かせない。たしかに、われわれ、いまのところ第五惑星には行けない。だが、アンクラム・プロジェクトには最高のコネクションがある。プロジェクト・リーダーのレン・ノに、かれがなにをしようとしているのか、理解させないといけない！」

「それがどうした」ナイ・レングが鼻であしらうようにいう。「ハンガイ銀河を、自分にとって意味などまるでない星群と入れ替えるんだ。どうやってレン・ノを阻止するつもりだ？」

「それは誤りだ！　ハウリ人はどこかのどうでもいい星群を持ってくるのではなく、通常宇宙にあるカルタン人の故郷を持ってくるんだ。かれらはレン・ノの親戚筋であって、タルカンでの恐るべき運命にかれが責任を持つことになる。このメッセージはかれをとめるだろう。そうするほかはないのだ」

ナイ・レングとベオドゥは唖然として、数秒間口がきけない。

「そこまで考えおよばなかった」と、ちびのアッタヴェンノクが認める。「では、われわれ、エペルムから立ち去るか？　とにかく、ここはまったく居心地がよくない」

「われわれはここを動かない」ローダンは姿形の異なる二名をまたもや唖然とさせる。

かれは双方に、新しい状況にすばやく対処し、それに応じて計画を調整できるということをしめした。「《レダ》だけをアンクラム星系に送る。《レダ》ならその任務をやってのけられる。このやり方でレン・ノに伝えるのだ、わたしはまもなくこのチェオバド問題は解決されると思っていて……」

「そんなのはとうていむりだ！」ナイ・レングがローダンの発言に割って入る。「チェオバドは要塞で、全ウシャアル星系内でもっとも保安警備が堅牢な場所だぞ！」

「それでも、そうするしかない。レン・ノがこのチェオバド問題を解決できないと判断したら、転移を実行するだろう。しかしすくなくとも、いまのままであれば、転移を遅らせることはできる」

ベオドゥと老カルタン人がローダンに計算高い視線を送る。

「だが、そのときがきたら？」ナイ・レングは知りたがる。「プロジェクト・リーダーが行動を起こさなくてはいられなくなったら、あんたの負けだ。つまり、チェオバドの問題だけでなく、レン・ノの信頼も失うことになる」

カルタン人のいうとおりだし、そんなことはローダンにもわかっていた。しかし、かれにはほかにも計画がある。もっとも、その成功はいくつかの要因に左右されるのだが。

「《レダ》は第二の使命を実行する」ローダンは説明する。「話をする相手はレン・ノだけではないのだ。チャリフ星系やどこかそのほかの場所で、ベングエルの艦隊やジュアタフ・ロボットにも接触し、わたしの居場所を知らせてもらう。かれらはみなイマーゴ中毒に感染しているので、大多数がここにやってくるはず。その場合、チェオバドが本当に安全なのか、見てみようではないか」

*

その日のうちにローダンは、ネット・コンビネーションの通信機能を使って《レダ》に連絡を入れた。盗聴される危険はない。エペルストのような都市では、桁《けた》ちがいに多くの交信があるのだ。

「あとひとつだけ」ローダンが状況説明をし任務を伝えたとき、《レダ》がいった。

「わたしが宇宙港から消えたとき、あなたに責任があると思われてはいけません。わたしがスタートするときには、証人がいるようにしてください。そうすれば、わたしが変則的に機能したのだと主張できます」

「きみのいうとおりだ」と、ローダン。「だがそうなった場合、きみがウシャアル星系にもどってきたら、ハウリ人に攻撃されてしまうぞ」

「わたしはあなたの到着をこの星系外で待たなければなりません、ペリー。かならず見つけてくださいね」

「そう願っている」

ローダンは自分のほうから接続を切った。必要なことはすべていった。《レダ》はとり決められたコードインパルスで飛びたち、レン・ノの心に影響をあたえることだろう。期待どおりにことが運べば、一週間あるいは二週間後には、ベングエルおよびジュアタフ・ロボットに会えるはずだ。

「これからどうする？」立ちあがったベオドゥが訊く。

「いっしょに宿にもどる。目前に迫った試験に関して、ヴァックと話す。同時に、《レダ》が緊急発進し、宇宙港を飛びたつ。ヴァックがわれわれのアリバイだ。われわれが、《レダ》の飛行とはまったくなんの関係もないことを証言することになる」

「関与していない証拠にはならない」と、ナイ・レング。

「いかにも。だが、われわれにはそれしかできない」ローダンも立ちあがる。手足を伸ばしながら、すこしはなれたところにあらわれたり消えたりする通行人を見る。「きっと尋問されるはずだ。夕方あたりにこられるかな、ナイ・レング。そしたら、あんたの技術的な教育をかたづけよう」

「いいだろう。ではのちほど。わたしも試験日を確定させておく」

ローダンとベオドゥは、カルタン人が視界から消えるまでじっと待った。急いだわけではなかったが、一時間後には宿に到着。ヴァックがいつもどおり受付で待ちかまえていた。ふたりをなかに入れ、「試験日は確定している。明後日の早朝には準備をしておくように」そういうと、かれは、ふたりが目の前からさっさと消えてくれることを期待しているかのような目で見た。

しかし、テラナーはすかさずヴァックの発言に反応して、試験の進め方や内容について質問したり、自分は試験のプレッシャーに耐えられるだろうかとか、そんなようなことを口にした。そのとき、ローダンのピココンピュータが、独自にとり決めたコードインパルスを発した。尋問班がやってくるまで十五分とかからなかった。ローダンはベオドゥともども、オープン・グライダーに乗せられて、宇宙港へ連行された。

そこでは、黄色い恒星のシンボルがついたカーキベージュのユニフォームを着たハウリ人が尋問を主導した。

「あなたたちの宇宙船がスタートした」と、いう。

ローダンは驚いたふりをした。

「われわれの記録によると、当該時間中にあなたたちのうちどちらも宇宙港に立ち入ってはいない。したがって質問はこうだ、あなたたちはこれとどうかかわっているのだ？」

そのハウリ人は冷酷この上なく見えた。かれの真っ黒な眼窩をのぞきこんだローダンは、背筋にぞっとする冷たいものがはしった。

「まったくなにも！」誠実さをよそおって大声を出した。「これはわれわれにとって災難だ。こうなったら、われわれ、なんとしても試験に受からなければならない、さもないとエペルストから動けなくなる」

「だれもエペルストから動けなくなったりしない。自力でよそに行けない者は、鉱山経由の迂回路を経由して出ていく。要点にもどるが、あなたたちの宇宙船は指示もないのに動くなどということがありうるのか？　そもそもそんなことが本当に可能なのか？　わたしは疑問に思う」

「《レダ》はプレゼントされたものなんだ」と、ローダン。「信頼性はいつも証明されていた。だが、その内面はだれにもわからず、ときどき、独自の意志を持って……」

「それがふたたびウシャアル星系にあらわれたら、われわれ、撃墜する。これで終わりだ。あなたたちは行っていい、試験を受けるがいい」

　ふたりめのハウリ人に導かれて、宇宙港の建物から外に出る。ふたりは徒歩で帰路につくしかなく、事態が試験の成功にいかに左右されているかを、ローダンははっきり意識した。《レダ》はもう輸送手段として使うことができない。試験に受からなかった場合、すくなくともベングエルとジュアタフ・ロボットが到着するまで時間稼ぎをしなければならない。

　夕方近くになってナイ・レングがやってきた。

「どうなってる？」老カルタン人はやっぱりよれよれしていて、なかば酔ったような顔で訊いた。

「すべて計画どおりだ！」ベオドゥは浮かれ調子でぴいぴいという。翻訳機が同時にかれの言葉をカルタン語に変換するので、理解するのに支障はない。「われわれの話は受け入れられた。あとは試験だけだ」

「あんたの試験日はどうなった？」ローダンは知りたがる。

「あんたたちと同じ日だ」

「完璧だ！　さて、テスト対策を最初からやってもらおうか」

ローダンとナイ・レングはちいさな部屋のひとすみにすわる。ローダンは透明フォリオとチョークでまにあわせのボードをととのえた。

「わたしはここにいてもしょうがないな」ベオドゥが退屈そうにいう。「町を見てまわるのがいちばんだ」

「技術的なことをもっと学んだからといって損はないぞ」

アッタヴェンノクはその言葉を手で振りはらって、なにもいわずにドアを開けた。ローダンはすくなくとももうこれ以上は、いい争いに巻きこまれたくないと思う。一度は幸運に恵まれたかもしれないが、二度めもそうなるとはかぎらない。

ナイ・レングはのみこみの早い生徒だった。技術や物理学的事象をよく知っていたが、それは必然的にカルタン文化の範囲に限定されていた。そのさい知識権限の中枢によりどころをもとめるわけだが、それがどこにあってどういう性質のものかだれも知らない。そのため、かれが学んだ内容には、ローダンが望むこととくらべると、多くの漏れがある。多くの場合、かれはナイ・レングに深淵な知識ではなく、キイワードのみを伝えることでがまんした。そうすればハウリ人の試験官に感銘をあたえることはできる。もっとも、それ以上はできないが。

試験前日の昼ごろ、ローダンは満足していた。そんななか、ベオドゥがぶじもどってきた。エペルストのどこかにあるアッタヴェンノクの居住地ですごしてきたのだろう。

「では、試験対策にとりくもう」と、ローダン。「ナイ・レング、あんたが話せることすべてを、われわれは聞きたい。われわれの成功はひとえにそれにかかっているとわたしは確信している」

翌朝、かれらはほとんど睡眠がとれていなかった。だがローダンは技術的な部分と同じくらい心理テストにも自信を持っていた。心配だったのは、ベオドゥのことだけだった。ちびのアッタヴェンノクは、同種族のところには行かないほうがよかっただろう。

〈だが、わたしにはかれの気持ちがわかる〉と、ローダンは思う。

*

朝から頭痛がする。かれの胸から全身に生気をあたえるインパルスを送る細胞活性装置のくぐもった音に耳をかたむける。

ベオドゥはすでに起きていた。「悪い夢を見た」アッタヴェンノクがちいさな声でいう。「これはよくない前兆だ、ワキアン」

「そういうことを考えすぎてはいけない」と、ローダンは答えた。かれは不安を微塵《みじん》も感じさせない。「準備をしよう。コンディションがよければよいほど結果もよくなる」

ふたりは、順番に衛生室兼食堂を使って身支度をととのえ、宿を出た。ヴァックは身動きせず、無愛想にかれらを見送った。

指定の場所でナイ・レングがかれらを待っていた。

「ついてきてくれ」と、老カルタン人はいう。「試験を受ける建物に案内する」

いうべきことはもうなにもなかった。ローダンとベオドゥはどうふるまうべきかを正確に知っていた。情報はナイ・レングから聞いたし、また到着した日にベオドゥが情報屋から手に入れてもいた。ナイ・レングの経験は主として知識をひろげるのに役だった。

「ここだ」

テラナーは、これまで足を踏み入れたことのないようなせまい広場を詳細に観察した。まんなかにずんぐりした建物が建っていて、地下五十メートルまでフロアがあることは知っていた。入口の前に四十人ほどのヒューマノイドが集まっている。全員が迎え入れられることを明らかに待っていた。

「そろそろだ」ナイ・レングが低い声でいう。「この連中にくわわろう」

かれらは集まっている人々のまんなかに立った。数秒後、唯一の入口に、身長百九十センチメートルほどの比較的小柄なハウリ人があらわれた。かれは意味不明の言葉をいくつかいったが、そのハウリ人が案内人であることは、だれの目にも明らかだった。

「いつもこうなんだ」ナイ・レングがささやく。「われわれ、最下階に連れていかれ、そこで割りふられる」

ことはカルタン人がいったとおりに進んだ。大きなリフトに家畜のように押しこまれて、下に運ばれた。その部屋は殺風景でまるく、エレベーター開口部以外にはドアがひとつあるだけだった。十分後、扉が左右にスライドして開いた。

ハウリ人が手振りでしめしながら、待っている人々をグループ分けして二、三分間隔で通過させていく。隣りの通廊にいる各グループがべつのハウリ人に引き継がれていくのがわかる。

「ただ成り行きまかせでグループに入れられるしかないんだ」ナイ・レングが、極度に緊張しているかのようにおちつきがなくなる。

決定的な瞬間に、ローダンはすぐそばにいるヴェンノク二名を手荒に押しのけて前に進んだ。ほかの人たちから文句がでる前に、案内人はベオドゥ、ナイ・レング、ローダン、そして、ローダンには出自がわからぬ二名をいっしょに通過させた。

カーキベージュの制服を着たハウリ人が廊下の端でかれらを出迎え、大声で吠えた。

「ついてこい、遅れるなよ」

かれらは会話をかわすこともなく、くねくねと曲がった通廊を案内人についていく。リフトと階段を通過して歩きつづけ、いまようやく、グレイに塗られたドアの前のベンチにすわっている。建物内のどこにいるのか、ローダンにはもはやわからない。かれにとって、ハウリ人の建築方法は謎でしかない。実用本意で味気ない感じがするかと思えば、次の瞬間には、中世の修道院さながら複雑に絡み合うのだ。

ドアが突然開いた。

「最初の者！」

だれひとりとして自分が呼びかけられたとは思わなかった。だがそのとき、異人がひとり立ちあがった。男は痩せ細って骨が浮きでた脚でぎこちなく歩いて開口部を抜けていき、一時間ほど経過してももどってこない。ローダンはその男を二度と見ることがなかった。どうやらほかにも出入口があるようだ。

ふたりめの異人が招き入れられた。

待機ベンチにすわっているのはローダンとふたりの友だけだ。

「試験官にとっては同じ種族をつづけてテストするほうがやりやすいのだろうか？」

「わたしにはわからないが……」と、ナイ・レング。「そうなのかもしれない、ペリー

・ローダン」

だれも会話をつづけるための言葉を見つけられずにいる。次にドアの向こうに入っていったのはナイ・レングだった。かれが行ってしまったことで、ローダンは複雑な感情をいだいた。具体的な経験にもとづいて助言できる人物がだれもいなくなってしまったのだから。ベオドゥが五人グループの四番めになり、ローダンはかれの幸運を祈るばかりだった。ローダンが思っていた以上に待ち時間が長くなった。自分のチャンスをつぶす者は自分以外にはいないという事実をつねに認識して、意識的に心をおちつかせた。

「さあ、きみの番だ」

ドアの向こうに一ハウリ人が立っていた。いつも見かけるコンビネーションではなく、グレイのローブをまとっている。身長二メートル、頭はローダンがこれまでめったに見たこともないほど乾いていた。おそらく人生の大半を砂漠地帯ですごしてきたのだろう。たいていのハウリ人はそうではないが。かれらは、ハンガイ銀河じゅうに散らばっていて異なる条件にも適応していた。

「すわりたまえ！　名前は？」

ローダンは低いプラスティック製の椅子に腰かけ、「ペリー・ローダンという」

「とてもすばらしい、ペリー・ローダン」思いちがいをしたのだろうか？　ハウリ人の発言に皮肉がこめられているのだろうか？　いいや、そんなことはない。「きみはヘクサメロンの奉仕につきたいと思って、ここにいるのだな。ところで、支配者ヘプタメルの言葉を信じているか？　ヘクサメロンの教義はきみになにを教えてくれるか？　〝六日間〟が待ち遠しいか？　あるいは、恐れているか？」

　ローダンは答えようとしたのだが、ハウリ人は身振りでかれの言葉をさえぎった。

「いや、いや。われわれ、きみの発言にいささか体系性を持ちこみたいと思っているのだ。残念なことに、われわれ全員にとってということだが、わたしはしばしば分別を失った者や不信心者とかかわることになるのだが、そういう者たちをとりのぞくのに有効でね……きみは、だれもが疑わしいということを理解するだろう。質問をはじめることにする。できるだけすみやかに返答するように」

　そういうと、矢継ぎ早に質問し、答えを分析するのにほとんど時間をかけない。ローダンは目の端でまわりのようすをうかがう。そのときはじめて、部屋のうしろのすみにあるゾンデバッテリーに気がついた。コンピュータ！　実際の評価は人工頭脳がやっているのだ。これはひどく複雑なことになってしまったと思い、背筋から冷や汗が噴きでた。

　最初にされた一連の質問はかんたんだった。〝タルカン〟という言葉を誘いだそうとするものだった。その言葉をハウリ人は不快な聞くに堪えない言葉とみなしているのだ。ローダンはこの問題をなんなくこなした。その後は、それまでよりずっとむずかしくなった。これほど集中的に浴びせられる誘導尋問、巧妙にかくされた裏の意味、不意打ちをかけるような質問方法を経験することはめったにあるものではない。それが終わったときには、汗だくでスツールに腰かけていた。

「悪くなかった！」ハウリ人がうれしそうに叫んだ。「すくなくともきみはわたしを納得させた。では、第二段階だ。自分の主要な才能はどこにあると考えている？　軍事分野か、それとも技術分野か？」

「わたしは技術分野のほうが好きだ」と、ローダンは答えた。それは三人でしめし合わせてあったことだ。ベオドゥとナイ・レングも同じ返答をした。かれらは、ヘクサメロンの信奉者たちが目下遂行中の偉大なプロジェクトをひそかにのぞきたかったのだ。それに、兵士はただ訓練され、最終的にいたずらに使い捨てにされるだけだろう。

「希望どおりに」

　技術的なことに関する試験は比較的かんたんだった。ハウリ人の質問は、しだいに数学、核物理学、核化学からハイパー物理学的なものへと移行していった。ローダンは完全なレパートリーを披露したが、知らず知らずのうちにハウリ人に新しい知識をあたえてしまうのではないかと疑われる点に関してだけは、セーブした。これには、トランスフォーム砲やアンティテンポラル干満フィールド、ハイパートロン注入テクニックなどのたぐいに関するものがふくまれていた。

しかし、試験官はもっと基本的なことにこだわった。最終的にローダンは、技術分野に志向性があるだけではなく、軍事的な修練をよく積んでいることを証明した。

「わたしは、きみのような人に会ったことがない」グレイの修道服を着たハウリ人が認める。「わたしがこれまでテストしたなかでもっとも才能のある志願者だ。しかし、少々奇妙な点がある。すでにテストを終えたナイ・レングという名のカルタン人のふるまいが、似ているのだ……きみたちは仲間なのか？」

ローダンは懸命に考えた。三人でとり決めたことすべてを超える決定をくださなければならない瞬間がきた。

「そうだ」と、いう。「われわれは友人だ。ヘクサメロンの教えがわれわれを結びつけた」

「そうだろうと思った。きみたちはタルウルのテクノゾーンへ移動し、特別な訓練コースを受講することになる。そこで知識を専門的に深め、制御マスターになるための教育を受けることになる」

〈ベオドゥはどうなったのだろう？〉ハウリ人はどうして、ちびのアッタヴェンノクのことを、ナンバースリーとしてあげなかったのだろうか？

「わたしとナイ・レングだけが仲間なのではない」ローダンは注意深く話しはじめる。

「アッタヴェンノクも仲間だ」

「いまはもうちがう」ハウリ人は腕をはらって侮蔑的な仕草をする。「かれは信仰においても特別に確たるものがなかったし、技術的知識に関してもこれといった見るべきものはなかった」

「われわれ、かれがいっしょでないなら、行けない」

ハウリ人はしばし考える。たがいの長所と短所を天秤《てんびん》にかけているのを、ローダンは文字どおり目のあたりにする。とうとうハウリ人は決断した。

「アッタヴェンノクはきみたちの従者として同行してよろしい。これで合意に達したということでいいか？　テクノゾーンに行ったら、アッタヴェンノクにはべつのことをやってもらう。忘れてもらっては困るが、ペリー・ローダン、きみにこのような特権をあたえるのは、テスト結果を根拠にしているということを認識しておくように」

ローダンはほっとしてため息をつく。アッタヴェンノクの友がいなかったら、タルウルに向けて一歩を踏みだすことはできないだろう。敵対的な環境にあって、かれらはこれまで以上に力を合わせなければならない。

「それで」と、ローダンはいう。「移動はどうなっているのだろうか？」

「五日後に宇宙港に出頭するように。問題なく通過できる。この種の移動に使われる全乗客の個性に合わせてプログラミングされたロボット・トランスポーターが待機している。これがすべてだ。さらなる情報はタルウルで」

ハウリ人に送りだされたローダンは、数分後にはふたたび地表にいて、朝の冷たい空気につつまれた。排気ガスと悪臭が混じっていたが、こういう結果を達成できてかれはほっとした。

「おい、ワキアン！」

ベオドゥとナイ・レングがせまい広場の端のほうで待ち受けていた。アッタヴェンノクはがっくりしているように見える。

「どうだった？」と、ナイ・レング。

「あんたと同様、完璧にうまくいった」そういってからローダンの視線はベオドゥに向けられた。「しかし、きみにもいいニュースがある。われわれといっしょに行ける」

「本当か？」アッタヴェンノクは、母語の独特な鳴き声でうれしそうに声を張りあげる。

「かれらはわたしの技術的才能を認めたのか？」

「そうではない」ローダンは簡潔にいう。「われわれの〝従者〟として行くことになった」

＊

ローダンがヴァックからもっと好意的に接してもらえると思っていたのだとしたら、それは考えちがいだった。宿の管理人の老人が、ヘクサメロンの奉仕に適しているのはハウリ人だけだと考えていることに、疑いの余地はない。そこでテラナーは、ナイ・レングの言葉を思い起こした。エペルストにいるハウリ人たちは全員が不合格者で、そのため、その態度には傲慢さと苛立ちが混在しているのだと。

次の二日間で、かれらはさらなる情報を手に入れようとした。ローダンはクレジットののこりをすべて情報屋にわたすこともいとわなかった。しかし、魔法にでもかけられたかのように、何時間ついやしても、かれの近くに情報屋が姿を見せない。〝あの男だ〟と確信しても、いつのまにかその男は姿を消しているのだ。

かれはべつのアプローチに切り替えた。

ローダンはにぎやかな広場の片すみに身をひそめられる場所を見つけ、なにもせずに二時間待ってから、ようやく観察をはじめた。わずか数分で情報屋を見つけた。実際、かれらはかれから身をかくしていたのだ……このことからなにを結論すべきなのか、ローダンにはわからなかった。しかし、知りたい。

長いことその情報屋、小柄なカルタン人から目をはなさなかった。ネコ型生物が立ち去りかけたので、ローダンは気づかれないようにあとをつけた。人気《ひとけ》のない路地で背後から迫る。ダゴルグリップでカルタン人を倒し、飛びかかって、相手をねじ伏せた。

「どうしろっていうんだ？　なにが望みだ！」

ローダンは、恐怖でゆがんだ毛だらけの顔を探るように見た。視線はさまよい、同時に周囲の家々のファサードをくまなく探している。

「わたしは情報がほしい。どうして情報屋はわたしを避ける？」

「あんたがわたしを殺したりしたら、ペリー・ローダン。エペルストの情報屋はだれひとりとしてもうあんたに情報を提供しない。われわれに近よるな！　どこかへ行ってくれ！」

唖然としてローダンは立ちあがり、カルタン人を逃がしてやる。どうしてネコ男は自分の名前を知っていたのだろう？　このことから町じゅうの情報屋がかれの名前を知っていると考えるべきだろうか？　おそらくそうなのだろう。なぜなら人間の外観をした者は、ハンガイ銀河ではほかにいないのだから。

ローダンはエペルストの情報屋をある種ムード・バロメーターだとみなす。この組織のメンバーがみすみす儲け話を放棄してかれとはかかわりたくないと考えているのであれば、かれは危険のまっただなかにいるということになる。

その夜、かれらを訪れる者があった。

寝ついたばかりだったローダンはすぐに目ざめた。戸口に体格のがっしりした、身長が百六十センチメートル以上あって驚くほど大きなヴェンノクが立っている。

「あんたがたに、とくにあんたにだが、ペリー・ローダン、伝言がある。わたしは情報屋で、メッセンジャーとしてきている」

テラナーは起きあがり、気づかれぬように筋肉をすみずみまで緊張させた。

「ここにくるのにさぞかし大枚の報酬があったにちがいない」

「そのとおりだ。さて、伝言だが、あすの朝ここを出ると、殺人者があんたを待ちかまえている。あんたは自力では逃れることはできない。しかし、時間稼ぎをすればチャンスが生まれる。〝ダルウルへの門〟に向かえ。伝言はこれですべてだ」

「いま逃げたらどうなる？」ローダンはすっかりおちついていた。何百年にもわたる経験から、かれは危険に立ち向かう最善の方法は、熟考することだと学んでいた。

「それは意味がない。殺人者はもう待ちかまえている。かれはあんたがなにも知らないと思っている。わたしは宿の主人に伝言を持ってきたようによそおっている」

「殺人者とは何者だ？」

「赤いハウリ人。〝水使い〟だ」

「そうか」ローダンはつぶやく。「一週間前、かれが到着したところを見た。面倒なことになるという気がしていた」

つぶやいただけだったが、ヴェンノクはローダンのいっていることを理解した。

「面倒なこと？　ペリー・ローダン、あんたは思いちがいをしている。あんたはもう死んだも同然だ。さらにもうひとつ。そのハウリ人が到着したのは二日前のことで、あんたが目にしたハウリ人とは別人だ。しかし、状況は同じことだ。これで失礼する」

「警告に感謝する！」

「報酬はしっかりもらっている」ヴェンノクはそういうと、ちょうど起きたばかりのベオドゥに最後の一瞥を投げ、姿を消した。

数秒間、ローダンは石のようにじっとすわっていた。なにが起きているのか、理解できない。どうしていまになって暗殺を？　そして、どうして警告を？　あとの疑問は先の疑問と同じくらい重要だ、かれは本能的に理解した。

「どうした、ワキアン？」

「かんたんには答えられない、ベオドゥ。これからの数時間に対する最良の処方箋はないと思うが、決断しなければならない。まずは、われわれ、わかれよう。攻撃はきみにではなく、わたしに向けられている。だから、わたしは単独行動する」

「そんなこと、論外だ！」ちびのアッタヴェンノクが声を張りあげる。「われわれ、いっしょに行動するか、関係を断つかだ！　われわれ、もう友じゃないのか？」

「友だとも、ベオドゥ」ローダンはおだやかに答えた。「しかし、われわれ、やむをえない状況には勝てない。わたしはネット・コンビネーションで充分身を守れるが、きみはそうはいかない。わたしは単独で行動するしかない。会えるようになったときに、また会おう」

「なぜ、ハウリ人当局に助けをもとめないのだ？」

「賢い質問ではないな、友よ」ローダンは考えこむように、窓から家の前の路地を見ている。「一週間前に、赤い服を着たハウリ人にしめされた敬意をきみが見ていたら、そんな質問はしないだろうね。当局は、赤いハウリ人のじゃまをするよりもむしろエペルストを焼きはらうことを選ぶだろうな。だが、ひとつだけわからないことがある。なぜこの高官はわれわれのことを個人的に気にかけるのだ？」

ベオドゥはすこしのあいだ考える。

「《レダ》でしたわれわれの議論をおぼえているだろうか？　きみの価値が問題になったのでは？　いまこそかれらはきみの本当の役割を認識したのかもしれない」

「そうかもしれない」

ローダンはそれ以上なにもいわなかった。コンビネーションを入念にチェックし、それから、精神状態が平静さと注意力がバランスよくたもたれるようにつとめた。ほんのり明るくなり夜明けを迎えたちょうどそのとき、かれは立ちあがった。

「わたしはどうすればいい、ペリー？」

ベオドゥは悲しげに部屋のすみにすわっており、まだ決心がつかないようだ。

「ナイ・レングと会うといい。ふたりで話し合って、どうしたらいいか考えるのだ。われわれはまた会える、わたしはそう確信している。そしてわたしはいま、〝ダルウルへの門〟でわたしを待ち受けているものがなんなのか知りたい」

ローダンは、管理人の老人ヴァックにはかまわず、路地に足を踏みだした。

「注意点は？」ピココンピュータに簡潔に訊く。周囲にひとの往来はない。この時間帯にエペルストに入ってくる者はほとんどいない。

「ブラスターを探知」

と同時に、かれの個体バリアが張られる。ローダンはあたりを見まわしたが、なにもない。そのとき、不意打ちをくらった。最初のビーム放射は上空からだった。

＊

「バリア稼働率三十パーセント」と、ピココンピュータ。

ローダンは頭をそらす。頭上十メートルのところに、赤い服を着て、武装したハウリ人が浮遊していた。銃口から二発めがはなたれるところは見なかったが、エネルギー性バリアの表面の危険な発火現象を見た。

「四十パーセント」

次は立てつづけに撃たれた。未知の依頼人からの指示でヴェンノクが警告しにきてくれていなければ、たった一発の発砲にも耐えられなかっただろう。

「過負荷、限界に達しました！」と、ピココンピュータが叫ぶ。そのとき、あたり一面に、とてつもない轟音《ごうおん》とともにフラッシュオーヴァエネルギーが放電した。「バリアを交換しました。すぐにも逃走してください、ペリー」

二度はいわせない。

すぐさまグラヴォ・パックを起動させ、その場からいっきに上昇する。ハウリ人は信じられないくらい迅速に反応し、ローダンの動きに同調して同じ高さにまできた。どうしてそのようなスピードが出せるのか？ ハウリ人の片手がスイッチ・ユニットの上にあるのを、ローダンは見た。なかば見えない指がキイボードの上を滑っている。

そこにテラナーにとっての唯一の優位点があった。かれが着ているネット・コンビネーションはすぐれた保護メカニズムをそなえているだけではなく、ピココンピュータが装備されていて、これは必要なスイッチ操作のほとんどを自動で実行するのだ。

ほんの一瞬ローダンはハウリ人の顔をのぞきこんで驚いた。そこには最高の集中力だけでなく幸福感も認められたのだ。根っからの殺人者なのか？ ローダンにはわからなかったし、そのことを考える時間的ゆとりもなかった。

ローダンはコースを変えた。

急上昇していたのを、いきなりななめ下に向かったのだ。それでもハウリ人はぴったりくっついてくる。進行方向を巧みに操作して、同時に時計仕掛けのように厳密に発砲してきた。ローダンはコンビ・ブラスターをとりだして、ハウリ人の進路を変えようとする。相手は、命の危険に気づいていないかのように、生じた火の球を気にするふうもなく飛行する。

〝殺人者〟と、ローダンは考えた。〝そして自殺者〟だ、と。

「またもや限界に達します」と、ピココンピュータ。「すぐに交換したバリアも役にたたなくなります」

短い時間でいいから、ハウリ人を引きはなさなければならない。かれは〝ダルウルへの門〟の方向に向かっている。ほんのちょっとだけ、妨害されずに三十秒間リードできれば、ひょっとして……だが、赤いハウリ人のような敵に立ち向かうとなれば、三十秒は永遠に感じられるかもしれない。

「十パーセント過負荷！」

ようやくローダンは可能性を見いだした。わずか二、三百メートル先の右手に、入れ子式のバラックが立ちならぶ集落がある。

まっすぐそこをめざす。住人に警告を発するためにコンビネーションの武器を軽く撃ち、スピードを落とさずそばの住居の屋根を突き破った。ローダンは落ちながら下にさらに三フロアあることに気づいた。明らかにさまざまな食糧品を収納する倉庫だった。ということは、コンビネーションの利点をすべて利用できるということだ

ハウリ人が数メートルはなれた地表にどすんと音を立ててぶちあたる。ところが信じられないほどすばやく立ちあがり、発砲をつづける。数秒後には家から火があがった。

本当に木材でできた家で、強烈な熱と光を発しながら燃えている。ローダンにとっては願ったりかなったりだ。おまけに、混乱させる効果も生じた。

「ピコ！」と、大声でいう。「さらなるナビゲーションをたのむ！」

ネット・コンビネーションの人工頭脳は応答しなかったが、ローダンはすぐにぐいっと力ずくでわきに引っ張られたのを感じた。隣りの壁を、そして二枚め、三枚めと壁を突き破り、次にはフロアを変えた。ローダンは発砲しはじめ、あとで使うあらたな火もとを意図的につくった。いつのまにやらハウリ人の姿が消えている。はじけるような音がはっきりと聞こえるので、敵はすぐ近くにいるにちがいない。しかし、テラナーに、リードをつくりだすはじめてのチャンスが訪れた。

「バリアをオフに！」と、命令する。「探知される危険を減らす。あぶないと判断したらバリアを張ってくれ」

かれは徒歩で荷物が詰まった部屋をふたつ通り抜け、通廊に達した。後方の端まで全力疾走し、炎につつまれた階段を見つけ、瓦礫《がれき》のなかを落下する。ネット・コンビネーションがすでに酸素を補給し、落下をやわらげてくれてもいる。

地上階に到達。数メートル先で壁が突然破裂した。赤いハウリ人が飛びでてきたが、ローダンには気づかず、反対側の木製の壁に激突して姿を消した。

「探知しろ！」ローダンが要求する。「どこにいる？」

ピコンピュータはなにをもとめられているのかすぐに理解し、

「十メートル右に外壁。燃えているところがあります」

ローダンは進行方向を変えて、走りだす、穴の空いた壁めがけてジャンプ、全力で壁を突破する。さいわい、突き抜けた先の路地に人通りはなかった。次の瞬間にはもう立ちあがり、全力で走りだしていた。燃えているバラックから遠ざかる最初の分岐点を選んだ。これまでにないほど息が切れている。トレーニング不足か？　炎の地獄のなか自分を探している赤い服を着たハウリ人とのあいだに、できるだけの距離を稼ぐ。

「これくらいでなんとかなるだろうか、ピコ？」

「リードしたことはしました」

ローダンはグラヴォ・パックを起動し、急上昇する。町並みの上空十メートルを〝タルウウルへの門〟として知られる建物めざしてまっしぐらに飛行する。

「かれに、いま気づかれました」と、ピココンピュータがいう。「探知はされましたが、われわれに追いつくことはもうできません」

ローダンは、勝利、好奇心、そして不確実性がひとしくないまぜになった感覚で満ちていた。相手を短い時間足どめすることはできたけれど、赤いハウリ人のような闘士を長い時間思うままに引きずりまわすことはできない。つまり、未知の警告者の申し出だけがたよりだ。かれはこの怪しげな建物を訪問しなければならないということ。

「まっすぐです、ペリー。あれです！」

かれは風化して角がとれた砂漠の石でできた大聖堂を見た。細長くのびた入り江のようなかたちをしていて、低い階段でそれとわかる入口がひとつだけある。そのとき扉が横に開き、ローダンは怪しげな建物のなかに人影を認めた……ハウリ人だ！

　ローダンは敵からべつの敵の手に落ちたにすぎないのだろうか？　ひょっとすると、こうしたらよりいっそう早くかれがつかれるだろうと期待されてのことか？　たとえそうだとしても、ローダンにはもうそういうことを考慮に入れるゆとりがなかった。思っていた以上に早く赤いハウリ人に追いつかれている。ねらいを定められたものの、距離のせいで威力が落ちたエネルギーが、ローダンのバリアで光った。かれは降下し、入口を通りすぎ、スリップしてとまる。

　扉が閉まる。

　そしてその人影、それはまさにハウリ人の体形だった。

「わたしの名前はシャルン」

　まだ疑念があったものの、豊かで響きのいい声が、ローダンから最後の不安をとりのぞいた。

「シャアはすぐにくるだろう。わたしはあなたを助けたい、ペリー・ローダン。そしてあなたを助ければ、あなたはわたしを助けてくれるかもしれない。しかし、まずはこのエペルムを出よう」ハウリ人はおちつきはらってくるりとうしろを向いて、テラの転送機に似た装置を調整した。極の上方できらめくエネルギーカーテンが生じた。

入口の扉が赤熱《せきねつ》する。いつなんどきそれが破裂して、赤いハウリ人が押し入ってくるのではないかとローダンは恐れたが、予想に反して支柱は持ちこたえていた。

ローダンは問いかけるようにハウリ人を見る。

「くぐるのだ、ペリー・ローダン」

単純なスイッチ操作のミスで、自分のからだが溶解し、次元のあいだにばらまかれてしまうことを、ローダンは知っていた。シャルンという名のハウリ人を信頼すべきなのだろうか？　そうするしかないだろう。不確かで本能的な身震いとともに、ローダンはシャルンの隣りに立つ。最後の印象は、痛みであり、背後の大聖堂を吹き飛ばす閃光だった。

6

ハイライト Ⅰ

《レダ》は計画どおりアンクラム星系に行き、ついでチャリフ星系に行った。最初の一連の指令は実行された。プロジェクト・リーダーのレン・ノは情報を受け、漠然とした情報にもとづいて、ハンガイ銀河の第三クオーターの転移を延期するという選択肢をあたえられた。

そしてついに、ベングエルとジュアタフ・ロボットの最初の船が動きだした。その数、四三五五隻。おおよそバランスのとれた比率になっている。しかし、《レダ》は、船の基本的な宇宙航行能力に深刻な疑念をいだいている。ベングエル船の多くは難破船よりもすこしましといった程度のもので、高速移動には適していなかったから。

「これからどうすればいいんだよ？」ベオドゥは挑戦的な口調で応じた。「ペリーが生きのびたかどうか、それさえわからないのに」

「どうするかははっきりしている」ナイ・レングはまったく冷静だ。どうやら、いまは自分よりかれのほうが頭脳明晰らしいと、ベオドゥは思った。「ペリーは〝タルウルへの門〟にくるようにと呼ばれ、行ったんだ。それを額面どおりに受けとれば、タルウルにいるはず！　ベオドゥよ、友のあとを追い、まだ生きているかどうかたしかめよう。二日後にはわれわれもテクノゾーンへ出発するのだから」

ベオドゥはすこしの期待をこめて顔をあげる。カルタン人がいっていることは正しい。ペリー・ローダンがそうかんたんに死ぬわけがない、と考える。またきっと会えるさ。

あとがきにかえて

渡辺広佐

むかし、恩師のひとりが、親が生きているあいだは、自分の死をあまりリアリティを持って考えられないものだ、というようなことをおっしゃったことがあった。そういうものかもしれない。

数年前に母が亡くなり、昨年の八月に義母が亡くなり、私がいちばん年上になった。たしかに、〝風〟がじかにあたるような気がする。

昨年十二月二十六日に、親友のYが急逝した。Yと知り合ったのは、一九七三年四月、ドイツのちいさな町の坂道でのことだった。かれはバックパッカーとして世界放浪の途中であり、私は大学（法学部）を卒業したものの、就職する気にもならず、トーマス・マン好きが昂じてドイツにやってきたばかりだった。したがって、五十年来の友だ。仕事で共通するものはなかったが、よくいっしょに遊んだ。亡くなる四日前にもライン

（電話）でしゃべり、年明けには会おうと約束したばかりだった。

三カ月ほど滞在していたジョージアから帰国して以来、体調がすぐれないというので心配はしていた。しかし、迂《う》闊《かつ》といえば迂闊だが、まさか生死にかかわるほどのことは思ってもみなかった。亡くなったと知らされたときには、耳を疑った。ショックで、しばらくは不意に嗚咽し、なにも手につかなかった。

年の瀬に紛れるやうに逝きし君よ

と、かろうじて詠《よ》み、一月の句会に投句した。つたない追悼句ではあるが、これを詠むことができただけでも、なにがしか、心がおちつくような気がした。

笑顔のすてきな友だった。

ありがとう、Y！と、呼びかける。かれは振り返り、いつもの笑みを浮かべると、街角を曲がっていった。

句会で、おふたりが、「年の瀬に紛れるやうに」の表現がいい、優しさを表しているようだとしてとって（＝選んで）くださった。

「よ」はいらないのではないか、という評もいただいた。たしかに「よ」をとれば五七五の十七音にちゃんと収まる。だが、私はあえて十七音に収めたくなかった。この

「よ」でわりきれない気持ちや、やりきれなさを表現したかった。それが読み手に伝わるかどうかは、またべつの問題ではあるが。

一月の末、歩き友達——句友でもある——のKさんに誘われ、境川源流を目指した。町田市最高峰の草戸山（標高三百六十四メートル）のすぐ下にある。斜面にちいさな窪みがあり、そこに境川源流と記された立札がある。氷がはっていた。

この景を記憶にとどめるために、

境川源流の薄氷《うすごおり》かな

と、詠んでおいた。

二月の句会に投句すると、主催者であるYさんが特選句に選んでくださった。〈「薄氷」はときには心象句として詠まれることもあるが、薄氷そのものを詠むとしても、この句のように場所を入れ込んで詠まれた句はあまり見たことがない。具体性がもたらす句には力がある。「源流」という強めの言葉と「薄氷」との対比もいい。巧まず詠まれた佳句《かく》〉だ、と。

境川はここにはじまり、江ノ島付近で相模湾に流れこむ。相模と武蔵の国の境を流れるので境川という。以前、川沿いに、〝アオ〟（電動自転車）を走らせていたおり、両国橋という名前の橋に遭遇したことがある。隅田川にかかる、武蔵と下総の両国を結ぶ両国橋に比べれば、まったく知られてはいないが、これもれっきとした両国橋だ。

〝源流行〟のおり、ロウバイを見かけた。もう梅や桜はいやというほど詠まれているので、いまさら句にするのは、なかなかむずかしいですよね、とKさんと話しながらも、あまりにみごとな咲きぶりだったので、なんとか句にしたいと思った。

をととひの臘梅《ろうばい》いめにあらはるる

Mさんが、〈巧みな句ですね。「いめ」がいいです。夢に春の象徴が現れて目覚める爽快感が伝わってきます〉という評とともに、特選に選んでくださった。Yさんも、〈「をととひ」がいい。「をととひ」、臘梅の佇まいには、古代語の「いめ」がふさわしい〉と評して、とってくださった。また、べつのMさんも〈ひらがな表記にして臘梅をきわだたせていて巧み〉として、とってくださった。

私としては、ロウバイには「先導」の花言葉があることも含んで詠んでいる。それほどのものではないにしろ、自分なりに技巧を凝らして詠んだだけに、それが伝わると嬉しい。

俳句の話をしていたら、尽きない。

このような「あとがきにかえて」を読んでくださってきた読者の皆さまには、心から感謝します。

また、いいかげんにしろよ、と思われていた皆さま、ご安心ください。

これが最後です。

本シリーズは、本国ドイツでは、三二一一号（邦訳版に直すと一六〇六巻）が出版されているので、日本の読者からすれば〝果てしなく〟つづきます。

でも、私も〝老い〟ました。これを最後に退くことにします。

とんでもないご迷惑をおかけする前に身をひくことができるのは、幸運だというほかありません。

ともあれ、まがりなりにもいままでやってこられたのは、読者の皆さま、早川書房のスタッフの皆さまのおかげです。

ありがとうございました。

陽炎《かげろう》の丘のあたりに眠りたし

訳者略歴　1950年生，中央大学大学院修了，訳書『皇帝の帰還』エルマー＆マール（早川書房刊），『ぼくたちがギュンターを殺そうとした日』シュルツ他多数

HM=Hayakawa Mystery
SF=Science Fiction
JA=Japanese Author
NV=Novel
NF=Nonfiction
FT=Fantasy

宇宙英雄ローダン・シリーズ〈688〉

ナックの墓場《はかば》

〈SF2406〉

二〇二三年五月　十　日　印刷
二〇二三年五月十五日　発行

（定価はカバーに表示してあります）

著者　エルンスト・ヴルチェク
　　　ロベルト・フェルトホフ
訳者　渡《わた》辺《なべ》広《ひろ》佐《すけ》
発行者　早川　浩
発行所　株式会社　早川書房
郵便番号　一〇一‐〇〇四六
東京都千代田区神田多町二ノ二
電話　〇三‐三二五二‐三一一一
振替　〇〇一六〇‐三‐四七七九九
https://www.hayakawa-online.co.jp

乱丁・落丁本は小社制作部宛お送り下さい。
送料小社負担にてお取りかえいたします。

印刷・信毎書籍印刷株式会社　製本・株式会社川島製本所
Printed and bound in Japan
ISBN978-4-15-012406-9 C0197